朱花の恋　易学者・新井白蛾奇譚

三好昌子

集英社文庫

目次

朱花の恋

易学者・新井白蛾奇譚

第一章　䷍　火《か》天《てん》大《たい》有《ゆう》

其の一

庭先の躑躅《つつじ》が燃えているようだった。朱の色が緑に映えて美しい。その中に、匂い立つような一群れの白い花がある。

――朱に染まらず、緑に侵されず、そなたは、ただ白くあれば良い――

そう言って彼を見つめていた女は、明らかにこの世の者ではなかった。

三年前の元文《げんぶん》二年（一七三七年）四月のある日、白蛾《はくが》は散歩がてらに物見遊山に出かけていた。江戸から京へ移り住んで、ふた月ばかり経《た》った頃のことだ。

新井《あらい》白蛾、本名は祐登《すけたか》という。儒学者であった新井祐勝《すけかつ》を父に、正徳《しょうとく》五年（一七一五年）、江戸の下谷《したや》に生まれた。

白蛾もまた儒学の道に進んだ。二十二歳で神田《かんだ》紺屋町《こんやちょう》に塾を開いたが、荻生《おぎゅう》徂徠《そらい》の門下の勢いが強く、早々に塾を諦め、二十三歳になった翌年の春、京へとやって来た。

以来、父親の知人であった青木文蔵《あおきぶんぞう》の紹介で、心学者の石田梅岩《いしだばいがん》の家に寄宿している。当時五十三歳だった梅岩は、車屋町通御池上《くるまやちょうどおりおいけあが》ルにある自宅で、商家の子弟のための塾を開いていた。

元々、商家で丁稚《でっち》奉公をしながら成長した梅岩は、その中で商人の在り方について考えるようになった。あらゆる学問に触れ、また新たに構築することで、商人のための「心学」を唱えるようになった。それは、ただ「学問のための学問」をして来た白蛾にとって、人の生活の根幹ともなるべき血の通った学問に思えたのだ。

風は少しばかり強いが麗《うら》らかな日であった。

三条橋を渡り、さらに街道を東へ向かった。しばらく行くと町屋も少なくなり、昼を過ぎる頃には、粟田口《あわたぐち》の辺りまでやって来た。

喉が無性に渇いていたが、生憎《あいにく》、近くに茶店一つ見当たらない。広々とした田畑が、街道の左右に広がっているだけだ。

（人家でもあれば、水を貰《もら》えるのだが……）

そう思いながらさらに進むと、街道から北に向かって枝分かれした小道の先に、こんもりとした小さな森が見えた。鳥居らしき物がある。どうやら鎮守の森らしい。

（社《やしろ》ならば、井戸ぐらいあるだろう）

そう考えた白蛾は、街道から外れ、田畑の間に続く道を歩き始めた。

やはり社のようだ。檜皮葺《ひわだぶき》の屋根が見える。村でもあるのか、近づくにつれ、藁《わら》屋根の家々の並びが現れた。

人影はないが、まだ真昼間だ。村人は野良仕事の最中だろう。木々の間を渡って来る風が、清々《すがすが》しい。気分の良さも手伝って、白蛾はゆっくりとした足取りで鳥居を潜《くぐ》り、境内へと入って行った。

本殿は杉や欅《けやき》の木立に囲まれ、まるで眠ってでもいるようだ。

その脇には井戸がある。井戸の周りには四本の柱があり、雨除《あまよ》けの屋根があった。覗《のぞ》き込むと、底の方に水面が見えた。ひんやりとした冷気が立ち昇り、白蛾の頬をそっと撫《な》でる。

さっそく水を汲《く》もうとして、はたと困った。釣瓶《つるべ》が見当たらないのだ。井戸というものはどれほど水があっても、汲めなければ涸《か》れ井戸と同じだ。

「いかがなされました?」

ふいに女の声が背後で聞こえた。慌てて振り返ると、真っ先に白蛾の目に飛び込んで来たのは、鮮やかな朱色の躑躅の群れだった。

(こんなところに躑躅があったのだな)

これほど見事に咲いているのに、気がつかなかったとは……。

(水を飲むことしか頭になかったようだ)

思わず苦笑して、改めて躑躅を背にして立つ女に目をやった。

女は袖の長い、どこか異国風の衣を身に着けていた。炎を思わせる朱色の衣は、まるで躑躅の花を切り取ったかのようだ。腰を締める細帯も、同じく赤い。

（この社の巫女《みこ》なのだろうか。それにしても、変わった身なりをしている）

年齢は十七、八歳といったところだ。頭に小さな髷《まげ》を結い、長い黒髪を背に流していた。細面の顔に、細い弓型の眉、目鼻立ちの整った美しい娘だ。

「水をいただきたいのですが、釣瓶がなく、難渋しております」

白蛾の言葉に、娘は「それはお困りでしょう」と頷《うなず》いた。

「これをお使い下さいませ」

どこから取り出したのか、娘の手には一本の柄杓《ひしゃく》がある。

白蛾はすっかり面食らってしまった。

「娘さん、この柄杓では……」

さすがに柄杓では、井戸の底の水は汲めない。

ところが、娘は何食わぬ顔で、なおも柄杓を差し出すのだ。

（頭がおかしいのかも知れない）

白蛾は仕方なく、礼を言って柄杓を受け取った。

（水を汲み、飲む振りでもすれば納得するだろう）

白蛾は、もはや水は飲めぬものと諦めた。

再び井戸の側《そば》に立ち、中を覗き込んで、思わず声を上げそうになった。水面が井戸の縁まで上がって来ているのだ。

(幻を見ているのだろうか)

不思議な思いで、白蛾は柄杓で水を掬《すく》った。トプリと音がして、柄杓の中で水が揺れている。一口飲んでみた。冷たく甘味のある水が、たちまち喉を潤して行った。

白蛾は驚いて娘を見た。相変わらず、赤い花のような娘は、笑顔を浮かべてそこにいる。

「これは、いったい……」

どういうことなのか、と問おうとした時、娘は遮るようにこう言った。

「それを差し上げますので、お持ち下さい」

「この柄杓を、ですか?」

意味が分からず、白蛾は困惑するばかりだ。

「それは、柄杓にあらず……」

呆気《あっけ》に取られて手元を見ると、錦の小袋に変わっている。

「この井戸の水は、ただの水にあらず」

さらに娘は言った。

ふいに強い風が木々の間を吹き抜けた。生命を孕《はら》んだ緑色の風が、娘の長い髪を弄んでいる。

「この風は、ただの風にあらず。この社の木々はただの木にあらず……」

「あなたは、いったい、何者ですか」

風の勢いに負けぬよう、白蛾は声を張り上げた。足元では風に巻きあげられた土が、幾つもの小さな旋風《つむじかぜ》を作っている。

「そなたならば、分かる筈《はず》……」

白蛾は、己の周囲に目をやった。

(水、土、木、風……)

その時、燃えるような躑躅の花が目に入った。

(あれは、火？)

突然、遠くで雷が鳴るのが聞こえた。

(雷……、ならば)

周りを見渡せば、京の町を囲む山々が見える。

(山、それに、水は沢にも繋《つな》がる)

白蛾は空を仰いだ。遠方で、稲妻が閃《ひらめ》いている。

(天、沢、火、雷、風、水、山、地。これは……)

ハッとした。

「乾《けん》、兌《だ》、離《り》、震《しん》、巽《そん》、坎《かん》、艮《ごん》、坤《こん》……、八卦《はっけ》だ」

白蛾は思わず声を上げた。娘は厳かな声で言った。

「そなたは、今、森羅万象を手にしているのだ」

「森羅万象……？」

あまりにも壮大な話だ。

「それは、『あの世』と『この世』を統べる理《ことわり》じゃ。目に見える物と、見えざる物。身《しん》と心《しん》。陰と陽。相反する二つの力が合わさって、一つになる。それが森羅万象の在りようじゃ」

「太極」と、白蛾は呟《つぶや》いた。

天地が分かれる以前の元始の状態のことを、朱子学では「太極」と説いている。

「何ゆえ、私にそのようなことを……」

何から尋ねて良いか分からなかった。いや、何もかもが分からなかった。何でも良いから答えが欲しかった。

だが、白蛾の問いには答えず、娘はさらにこう言った。

「そなたの名は……？」

「白蛾……、新井白蛾と言います」

「はくが……」と呟いてから、なぜか娘はにこりと微笑《ほほえ》んだ。

「その名の通り、そなたは白くあれ」

白蛾の頭は混乱するばかりだ。

「朱に染まらず、緑に侵されず、そなたは、ただ白くあれば良い」

その時、再び強い風が吹き寄せて、白蛾は思わず目を閉じていた。

目を開いた時、すでに娘の姿はない。

(今のは夢、それとも、幻?)

不思議な思いで手を見ると、確かに渡されたと思った錦の小袋までもが消えている。

(狐《きつね》にでも化かされたか)

それとも、白昼夢でも見たのだろうか……。

井戸を覗き込んでみると、水は遥《はる》か下方にある。当然、柄杓などで汲める筈はない。

ただ、躑躅だけは、目が覚めるように赤い。

(あの朱花のような娘であったな)

夢にしては、その面立ちをはっきりと思い浮かべることができる。白蛾を見つめる娘の眼差《まなざ》しが、今も心に焼き付いて離れない。

「まるで、魔物にでも魅入られたような……」

思わず呟いてから、白蛾は笑ってかぶりを振った。

白蛾は社を出た。村は相変わらず静かだった。かなり時が経ったように感じたが、日輪は、さほど動いているようには見えなかった。

やがて三条通まで戻って来た。さらに鴨川《かもがわ》へ向かって歩を進めて行くと、街道脇に茶店がある。店は多くの客で賑《にぎ》わっていて、行きしなに気づかなかったのが、不思議だった。

（そういえば、今まで荷車一つ、見かけなかったな）

考えてみれば、ここ粟田口は、京への出入り口の一つだ。本来、人通りが多いのが常なのだ。

白蛾は店に入ると茶を頼んだ。名物の黄粉《きなこ》の団子を薦められたので、それも頼んだ。店の表に置かれた床几《しょうぎ》に腰を下ろす。入れ替わる客を眺めて時を潰していると、店主らしい老爺《ろうや》が、盆に茶と団子の皿を載せて現れた。

気がつけば、喉の渇きが収まっている。さらに昼餉時《ひるげどき》はとっくに過ぎているのに、空腹を感じなかった。

隣の床几に、一人の男の子を連れた母親がいた。白蛾は「子供にやってくれ」と、母親に皿を差し出した。

母親は、一瞬、驚いたような顔をしたが、すぐに「おおきに、ありがとうさんどす」と、丁寧に礼を言って受け取った。

空はよく晴れていた。社にいた時、遠くで雷の音がしていた。それなのに一向に雨の降る気配がない。

白蛾は、表に出て来た老爺を呼び止めた。

「雷どすか？　さあて、聞いてまへんけどな」

老爺は訝《いぶか》し気《げ》な顔で空を見る。

「雨雲はあらしまへんえ」

（気のせいだったか……）

そう思ってから、白蛾は改めて老爺に尋ねた。

「その先の小道を北へ入ると、社があるであろう？」

「お社、どすか？」

老爺はぽかんとしてから、「ああ、水神様の」と頷いた。

「あそこは、水守《みずもり》神社と言いましてな。水を司《つかさど》る神さんを祀《まつ》ってあったんどす。境内の脇に若水《わかみず》の井戸、ていうのんがありましてな。その水を飲めば不老長寿になれる、て、そないな謂《いわ》れがあって、仰山の人がお参りに来るもんやさかい、この店もそりゃあ繁盛してましたわ。その頃は、ここの茶も、その井戸水を使《つこ》うてましてな。神官はんが気のええお人どしたさかい、幾らでも水を分けてくれましたんや」

「社に巫女はいなかったのか？　年の頃は十八歳ぐらいの……」

「いてしまへん」と、老爺は即座に言った。

「代替わりをして、二十二、三歳ぐらいの若い神主はんが一人で守ってはりました。この方の八卦見がよう当たりましてなあ。それを目当てに来る参拝者も多かったんどす」

しかし、白蛾が行った時、社にいたのは、あの異国風の装束の巫女一人きりだった。もっとも、あれが夢でなければの話だが……。

「その神官はどうされたのですか？　誰もいなかったようなのですが……」

白蛾の問いに、なぜか老爺は急に気を悪くしたように渋面になった。

「人をからかうもんやおへん。あの神社は、先年、火事に遭《お》うて、燃えてしもうてます。焼け残ったんは鳥居と井戸だけどすわ。その井戸も、水は涸れてしもうて、今は一滴の水も湧いてしまへん」

「そんな筈は……」

驚いた白蛾が否定しようとすると、老爺はすかさず首を左右に振った。

「あんさんは、享保《きようほう》十八年の火事を知らへんのどすか」

享保十八年（一七三三年）、一月二日、ここ粟田口で火災が起きたのだ、と老爺は言った。

火元は水守神社であった。風に煽《あお》られ、炎は近隣にあった村まで全焼させた。

「ほんの四年前のことどすわ。風向きによっては、この街道まで火が来ていたかも知れん。そりゃあ、怖《こ》おうおしたえ」

村の名前は、下津井《しもつい》村といった。

「村人も仰山亡《の》うなりましてなあ。生き残ったもんは、皆、村を出て行きました。家族を亡くしたもんは、そのままそこで暮らすんが辛《つろ》うおしたんやろ。わても、その村に嫁いでいた娘と孫を失いました。わても婆《ばあ》さんも老い先短い身ぃや。どうせなら、娘親子の側にいてやりたい、と、こうしてここで店を続けていますのや」

老爺の目には、うっすらと涙が浮かんでいる。

気の毒に思いながらも、白蛾の胸はぞわぞわと波立っていた。

「失火でしょうか」

さらに問いかけると、老爺は「分からしまへんのや」と首を傾《かし》げた。

「水守神社の神主はんは、代々占いが上手どしてなあ。先代が亡うなって、跡を継いだ息子はんも、占いがよう当たりましたんや。水守さんは若水だけやのうて、八卦見でも人気があったんどす。それが、あの正月二日の晩、神社から上がった火の手が、瞬く間に近隣の村に燃え移って、何もかも焼けてしもうたんどす」

神主がどうなったのかは分かってはいない。よほど火勢が強かったのか、結局、遺体を見つけることはできなかった。

「ならば、無事に逃げ出したのでは？」

失火の責を負うのを怖《おそ》れて、そのまま雲隠れでもしたのではないか、と白蛾は言った。

「それはあらしまへん」

老爺はきっぱりと答えた。

「神主はんには、幼い妹がいてました。この娘が、神社は賊に襲われたんや、て、こない申しましてなあ」

押し込みに襲われ、兄は妹を逃がそうと賊と争った。兄が凶刃に倒れる姿を、妹は見ていたらしい。

「賊は、神主はんが八卦見で相当な礼金を貰《もろ》うてる、とでも思うたんやろ。金なんぞ、一切取らはらへん、それは立派なお人やったんも知らんと、ほんまに罰当たりなことどす」

火は賊が放ったんと違いますやろか、と老爺は言ってから「酷《むご》い話どす」と呟いた。

「あの境内の躑躅は、毎年、それは綺麗《きれい》な真っ白な花を咲かせてましたんや。神主はん自ら丹精されてましたさかいなあ」

白蛾は立ち上がった。茶と団子の代金を床几の上に置くと、すぐにその場を去ろうとした。

「お客はん、団子が残ったはりますえ」

老爺が背後から声をかけて来る。

「そこにいた子供にやったのだが……」

隣の床几を指差すと、そこにいた筈の母子の姿が消えている。

「ここにいてたんは、お客はんだけどすえ」

その瞬間、白蛾は、己が、この世に在らざる者を見たことを知った。

先ほどの母子だけではない。老爺の話では、水守神社のある辺りは、焼け野原になっている。

白蛾は鳥居を目指して走った。

確かに、村とも思えた場所には、建物など無かった。所々燃え残った柱や梁《はり》らしき物は見えたが、四年の歳月の間に、雑草や野の花ですっかり覆われている。

白蛾は境内に入った。本殿のあった辺りは、ただ礎石が残るばかりだ。井戸には、釣瓶どころか屋根すら残っていなかった。

井戸からは水の匂いがしない。小石を投げ込んでみると、しばらく経ってから、カラコロと乾いた音が返って来た。

しかし、躑躅だけはあった。先ほど白蛾が見たのと同じ、濃い朱色の花だ。だが、老爺は真っ白な花が咲くと言っていた。

赤い躑躅の中ほどに、一か所だけ白い花が咲いている。

その白い花の一群れが、なんとなく人形《ひとがた》に見え、殺された神官が、花に姿を変えたように思えた。

　ふと、白い花のある木の根元に何かが見えた。探ると布のような手触りがした。

　白蛾は両手で土を掻《か》いて、それを掘り起こした。土に塗《まみ》れて汚れてはいるが、明らかに錦の小袋だ。

　手に取って表面の土を払った。先ほどの夢の中で巫女から渡された、あの錦の小袋とそっくりだった。

　白蛾は小袋を開いた。中には二寸ほどの細い棒状の物が十二入っていた。すべて赤い丹《に》が塗ってあるようだ。その内の六本には、真ん中に細い線が入れてある。

　亡くなった水守神社の神官は八卦見をやっていた。ならば、これは易の道具なのだろう。だが、あまりにもその体裁が、白蛾の知っている物と違っていた。

　通常、易で使う算木は、三寸ほどの長さで切り口が正方形の柱状をしている。その柱の四面のうち隣合わせた二面の中央に刻み目、もしくは色で印が入っていて「陰」を表す。

　何もない二面は「陽」だ。易の卦は、上卦《じょうか》三本、下卦《かか》三本の陰陽で占う。一本で陰陽が表せれば、六本あれば足りるのだ。

　しかし、この棒状の算木は、筋が入っているのが「陰」のようだ。陽は奇数の「一」を表し、陰は偶数の「二」を示す。一本で陰陽を表せない分、数は、倍必要になる。

(だから十二本なのか)

筮竹《ぜいちく》はなかった。

神官はなぜこの易具をここに埋めたのだろうか、そう思った時だ。

――それを引き継ぐのは、そなただ――

あの巫女の声が聞こえた。だが、振り返っても姿は見えない。

「なぜ、私なのだ」

問うとすぐに答えが返って来た。

――そなたには、私が見えた。それで充分であろう――

「私にどうせよというのだ？」

――それは人の運命を覗く窓のようなもの。見えたものをどうするかは、そなたしだいじゃ――

「あなたは、何者なのだ？」

今は何よりもそれが知りたかった。

すると、巫女は再び白蛾の前に現れた。娘は白蛾が胸に抱いている易具を指差した。

――私は遠く海の向こうから、この国に渡って来た。私は闇の中に灯《とも》る明かりだ。そなたは、今、その明かりを手にしているのだ――

「お前は人ではないのだな」

――この世に在るのは、人だけではあるまい？――

巫女はふっと笑うと、その姿を消してしまった。

突然、強い風が吹き、白蛾の髪を嬲《なぶ》って通り過ぎて行った。木々の枝葉が騒ぎ、躑躅の朱がより一層濃くなった。

（何かが変わった）

そんな気がした。

（いや、何かが始まるのだ）と、白蛾はすぐに思い直した。

その後、白蛾は易を学ぶことに熱中した。元々、易経は、書経、詩経、礼記、春秋左氏伝と共に、儒学者が学ぶべき学問だ。ただし易経は思想というより占術の色合いが強く、白蛾自身、これまであまり重要だとは考えていなかった。

周易《しゅうえき》が日本に渡って来たのは、京に都が置かれる遥か昔、今の清《しん》国が隋《ずい》と呼ばれていた頃だ。

巫女は「この国に渡って来た」と言っていた。ならば、この易具は日本で作られた物ではないのだろう。

本来、八卦は筮竹と算木で行う。筮竹は細く削った竹が使われる。元々は「めど萩《はぎ》」の茎だった。数を数えるための物なので、より丈夫な竹が用いられるようになった。長さは一尺三寸ほどで、五十本ある。

水守神社の算木はあまりにも異質であった。体裁も数も違う。細い棒状といっても、やや扁平《へんぺい》で歪《ゆが》みもあり、左右で太さも違っている。

易学を学ぶようになって、本来の易具も揃《そろ》えてはみたが、あの巫女の魂が宿ってでもいるのか、奇妙にこの算木は彼の手に馴染《なじ》んだ。

よく見ると、表面の漆が点々と剝げていて、下からうっすらと象牙色が覗いている。材質が分からないので、梅岩に見せると、「これは、骨やないか」という答えが返って来た。

古い時代には、亀の甲羅や、鹿の骨が占術に使われた。その名残ではないか、と、梅岩は言うのだ。

「本当に鹿の骨でしょうか」

白蛾は半信半疑で尋ねた。

「南都には、『鹿は神の使いや』て言うてる神社もある。算木は、筮竹の数に現れた陰陽を記録するために用いるんやが、この易具は、神の依《よ》り代《しろ》にするためのもんかも知れん。いずれにしても、何の骨か確かめる術《すべ》はあらへんのや。鹿てことで、ええんやないか」

「もし、鹿の骨ではないとしたら……」

そう言いかけて、白蛾は言葉を呑《の》み込んだ。「ならば、何や」と問われても、他に思い当たる節もない。

「時が経った骨やったら、もっと脆《もろ》うなっとる。この算木は、そない古いもんやないんかも知れんな」

本当にそうなのだろうか、と白蛾は胸の内で呟いた。これが神を宿す易具ならば、たとえ骨と雖《いえど》も、風化することはないような気がした。


翌年の四月、白蛾は再び粟田口の水守神社跡へ行ってみた。途中、あの茶店の前を通った。老爺が変わらぬ姿で茶を運んでいるのを見て、少しばかりほっとした。夫婦で店をやっていると言っていたから、店の奥で、団子や餅を作っているのは妻女なのだろう。外に置かれた床几の一つに、あの母と子が座っている。相変わらず、老爺には見えていないようだった。

水守神社の井戸の側の躑躅の群れは、今年も咲いていた。ただし、老爺の言葉通り、それらはすべて真っ白な花であった。

今から思えば、あの白い一群れの躑躅は、まさに目印のようだった。その所在を白蛾に示すために、あの巫女の力で、その年だけ赤い花を咲かせたものだろう。

謎の易具を持ち帰った時から、白蛾は巫女の気配を身辺に感じるようになった。たまに姿も見え、言葉も交わせる。異国の巫女は「朱姫《しゆき》」と名乗った。

「何ゆえ、神官には己の運命が見えなかったのだ？」

ある日、白蛾は朱姫に問いかけてみた。

賊に襲われることが分かっていたなら、何か打つ手もあった筈だ。火を付けられ、神社ばかりか、村を丸ごと一つ、燃やされることはなかったのだ。

火難が避けられていたら、あの茶店の老夫婦の傍らには、娘と孫が、ちゃんと目に見える姿で存在していたであろうに……。

――秘易《ひえき》を手にする者が、己のために占えば、それを最後に力を失う――

白蛾の問いに、朱姫は答えた。

「『秘易』とは、この算木のことか」

――天眼の力を持つ者にしか扱えぬ易具だ――

「てんがん、の力？」

白蛾が面食らっていると、クスリと朱姫が笑ったような気がした。

――天眼力《てんがんりき》のある者にしか、私は従わぬ――

元文五年（一七四〇年）のこの年、白蛾は二十六歳になった。

易の腕も上がり、京では「八卦見の白蛾先生」として、かなり名前を知られるようになっていた。

其の二

「先生、明王札《みょうおうふだ》て、知ってはりますか？」

梅岩の朝の講義が終わった頃だった。奥の座敷の縁に座って庭を眺めていた白蛾に、竹四郎《たけしろう》が問いかけて来た。

竹四郎は、二年ほど前からこの家に住み込むようになった梅岩の弟子だ。京でも大きな呉服問屋の四男坊だ。店を継いだ長男、江戸に支店を持たされた次男、同じ呉服屋に婿養子に入った三男と違って、これといった特技もなければ、手に職を持つ根気もなかったらしい。父親はとうに亡くなっていた。そこで、しっかり者の母親が、梅岩の許《もと》へ無理やり弟子入りさせたのだ。

小太りのおっとりした若者で、遊び人という訳でもなかった。つるんとしたゆで卵のような顔立ちで、いつもにこにこと笑っている。一見、大人しそうだが、付き合ってみると、好奇心の塊のような性格の持ち主だった。本当は、戯作者《げさくしゃ》になりたいのだ、と、こっそりと白蛾に教えてくれた。

そのせいか、竹四郎は心学よりも、白蛾の八卦見の方にえらく興味を抱いている。

梅岩は、元々呉服屋の番頭をしていたこともあり、竹四郎の父親とも顔見知りだった。

「このまま家にいても、三番目の兄さんのように、どこぞの商家に婿養子にやられるだけどす。わてはわてで、やりたいことがおますねん」

それが戯作の仕事であった。

母親には内緒らしい。竹四郎の野望は、今のところ白蛾一人の胸に納められている。

「明王札……。聞いたことはないが、その札がどうかしたのか？」

興味を覚えた白蛾は、改めて竹四郎の方へ身体《からだ》を向けた。

「遺恨のある家に、不動明王の姿が描かれた絵馬を投げ込むんどすわ」

「それで、明王札、か……」

「その絵馬が投げ込まれれば、他人の恨みを買《こ》うてる、てことどす。放っておくと、お不動様の怒りで火難に遭う、言うて、それはもう怖ろしゅうて、生きた心地もせえへんとか」

「まさか、本当に火事になる訳ではあるまい」

白蛾は呆《あき》れた。

「嫌がらせか、悪戯《いたずら》の類だろう」

だが、竹四郎は真剣な顔を崩さず、さらにこう言った。

「せやけど、ほんまに投火《なげび》をされた家もありますえ」

「ならば町方に捕まるだけだ。火付けならば火刑であろう」

白蛾の言葉に、竹四郎は大きくかぶりを振る。

「それは下手人が分かればの話どす。何しろ明王札が投げ込まれるのは、人の寝静まった夜更け。姿も見られてへんやろし、何よりも、奉行所に届け出る者がいてしまへん」

訴えれば、他人から恨みを買っていると公言するようなものだ、と竹四郎は言う。

「手立てはないのか」

「一条通を西へずっと行って、千本通を越えた先の北野松原に、不動明王を祀る『明王堂』て小さな御堂があるんどすわ。深夜、その御堂に、裏に自分の店の名前と、『火難が避けられますように』と書いた明王札、それに金を置いておけば、災いは起きひんのやそうどす」

訳知り顔で、竹四郎が言った時だ。

「それは、火札《ひふだ》のことやないか」

いつの間にか、二人の背後に梅岩がいた。

梅岩はその手に、湯飲みと皿の載った盆を持っている。竹四郎が慌てた様子で立ち上がった。

「すんまへん。わてがせなあかんのに……」

「かまへん。塾生の親から蒸し饅頭《まんじゆう》を貰うたんや。それに、茶は自分で淹《い》れた方が美《う》味《ま》いさかいな」

竹四郎の淹れる茶はいつも湯が熱すぎて、風味が飛んでしまうのだ。

「明王札のことは、塾生の間でも噂《うわさ》になっとる。それで、承応《じようおう》から明暦《めいれき》の頃に流行《はや》った、火札のことを調べてみたんや」

梅岩は二人の前に盆を置くと、座敷の端に座った。三人が盆を囲むには、縁の幅が少々足りなかったのだ。

饅頭は蒸し立てなのか、ほんのりと湯気が立っている。白い表面の皮が、艶やかに光っていた。わずかに酒の香がするのは、皮に甘麹《あまこうじ》を使ってあるからだろう。

「ほな、さっそくいただきます」

甘い物好きの竹四郎が、一番に手を伸ばす。白蛾と梅岩は顔を見合わせて苦笑した。

穏やかな日差しであった。白蛾は髷を結わずに、長い髪を肩に流し、中ほどを元結《もとゆい》で縛っていた。初夏の風が、額にかかる髪をそっと撫でて通り過ぎて行く。

「承応、といわれると、九十年近く昔になりますが……」

白蛾は梅岩に問いかけた。承応四年（一六五五年）の四月に改元が行われ、明暦元年となった。今から八十五年前のことだ。

「火札は、いわゆる脅迫文や。元々は遺恨のある家の前に、理由や要求を書いた札を立てるんや。夜のことで、誰がやったんかは分からん。放っておくと、ほんまに投火をされることもあったんやが、その家のもんだけやのうて、近隣の者も注意を払うんで、大抵の場合は大事になることはあらへん」

「実害はない、ということですか？」

白蛾の問いに、梅岩は首を左右に振った。

「考えてみ。いつ、家に火を付けられるか、びくびくして暮らさなならんのやで。ほんまに火事になったら、隣近所にまで被害が及ぶ。ただでさえ、人の恨みを買うようなことをしたんやないか、て噂にはなるし、商売にも影響が出る。祝言間近やった娘の家に火札が立てられ、縁談が壊れたて話も残っとるくらいや。それこそが実害やろし、意趣返してことになるんやろなあ」

「誰しも、己が他人に恨まれているとは認めたくはない。ゆえに奉行所へ訴えられる怖れはない、そう考えての犯行なのですね」

「当然、金で解決することもあったやろ。せやけど、恨みを晴らすのが目的やったら、火札を立てたもんも、それだけで気が晴れるてもんや。商売人にとって、人の口ほど怖いもんはあらへん。噂話一つで店も潰れるし、場合によっては命かて奪う」

それでも訴える者もあって、奉行所も対応に追われたらしい。明暦元年には、奉行所から御触れも出た。それによると、火札を立てた者は、放火をせずとも火付け人と同じ扱いをし、死刑にするという厳しいものであったが、それでも二十数年後の延宝《えんぽう》の頃まで事件は続いた。

「その火札が、明王札に形を変えて、再び現れたというのですね」

「今回は、不動明王の絵馬を使い、明王堂に金を置くよう要求しとる」

「では、その明王堂を見張っていれば、札を置いた者の正体も分かる筈です」

そう言ってから、白蛾は首を捻《ひね》った。

「そう難しい事件ではないように思えますが……」

求めに応じて金を置いた店もあった。しかし、中には腑《ふ》に落ちぬ者もあったらしく、被害を受けた一軒の大店《おおだな》が、店の者に明王堂を見張らせた。

「ところが、一晩待っても誰も現れない。仕方なく、金と札を持ち返ったところ……」

翌日の深夜、突如、庭で火の手が上がった。

「金を置かなかったために、何かされるかも知れん。そう考えた主人が、店の周囲を警戒させてたんで、発見が早かった。それで大事には至らんかったんやが、近隣からは散々苦情が来たそうや。大名家は元より、公家《くげ》衆まで相手に商売してはる茶道具屋らしいが、大店が金をケチって投火をされた、言うて、子供までが囃《はや》し立てる始末や」

「そうなると、明王札の言いなりになった方が利口ですね」

「ほんまに恨みを買うてた、てことはないんどすやろか」

それまで、黙って二人の会話を聞いていた竹四郎が口を挟んだ。

「明王札を投げ込まれた方にも、それなりの落ち度があったてことは……」

「さあ、それや」

と、梅岩は竹四郎に厳しい目を向けた。

「そうやって疑うもんが、余計な話を言い触らすんや。さっきも言うたやろ。噂一つで店も潰れるし、人の命を奪うこともあるんや、て」

「へえ、すんまへん」

竹四郎は、慌てたように首を竦《すく》めた。

「明王札と流言は、二つで一つです。明王札そのものが、流言飛語のきっかけになっている。いわば、渦の中心といったところでしょうか」

「裏を返せば、噂が流れなければ、明王札の効果はのうなる。奉行所へ届ければ、町方もそれなりの動きはしてくれるさかいな」

その時だった。戸口の扉を開く音がした。

「誰やろ。まだ午後の講義までは時間があるんやが」

梅岩が腰を上げようとするのを、さすがに竹四郎が止めていた。

「わてが出ますよって、先生はここにいて下さい」

竹四郎は急いで立つと、転がるように玄関へ向かった。

「今回のような火札を真似《まね》た事件は、最近までなかったのでしょうか？」

竹四郎を待つ間、白蛾は梅岩に聞いた。

「そうやなあ」

梅岩は首を傾げる。玄関先から、「いてはりますさかい、どうぞ上がっておくれやす」という竹四郎の声が聞こえている。

「七年前の、享保十八年に相次いで火事が起こったんやが、火札に絡んだ話は聞いてへん。火札は、元々脅しのために使われるもんや」

「享保十八年、ですか」

粟田口の水守神社と、近隣の村が火災にあった年だ。

「一月に高野《たかの》村で十数軒が燃えたんや。三月には、鷹峯《たかがみね》村が……」

と言ってから、梅岩は、何かを思い出したようにパンと膝を打った。

「正月の松の内に、粟田口の村の一つが全焼しとる。正月早々の頃やったし、六十軒近くも燃えたんで、はっきりと覚えとる。しかも、火元が水守神社や」

それから梅岩は怪訝《けげん》そうに白蛾を見た。

「あんさん、以前、水守神社について、わしに尋ねてはったな」

水守神社の廃墟《はいきょ》から、あの易具を見つけた後、帰宅してからのことだった。たまたま歩いていて立ち寄ったのだ、と梅岩にはそう言った。

梅岩は水守神社の神官が、易占に長《た》けているという話を知っていたらしい。捨て置かれた易具が手に渡ったのも何かの縁だろう、と白蛾に易学を勧めてくれたのだ。

「白蛾先生に、お客はんどす」

竹四郎が戻って来て、白蛾に告げた。

客は、二十四歳ぐらいの凛《りん》とした佇《たたず》まいの女人であった。面長の顔立ちに、三日月のような眉、すらりと切れ上がった目をしている。

「春雲堂《しゅんうんどう》の、璃羽《りう》さんやそうどす」

竹四郎がやや顔を赤らめながら言った。男ばかりの所帯に、女人は確かに珍しい。

「春雲堂いうたら、茶道具商いの大店やったな」

「へえ」と璃羽は頷くと、「易者の新井白蛾先生は？」と梅岩を見る。

「白蛾先生やったら、わしの目の前におる」

梅岩は視線で示すと、ゆっくりと腰を上げた。

「白蛾はんの客やったら、相談事やろ。わしは席を外すさかい、ゆっくりして行かはったらええ」

梅岩は竹四郎を連れて、その場から立ち去って行った。

白蛾は璃羽を座敷に招き入れた。改めて居住まいを正すと、璃羽は両手を付いて丁寧に頭を下げる。

「こない若いお人やとは、思うてしまへんどした」

璃羽は戸惑いを見せながら言った。

「茶道具屋というと、もしや、例の明王札の一件ではありませんか？」

金を惜しんで投火をされた茶道具屋ではないか、と、白蛾は思ったのだ。

「先生まで知ってはるんやったら、噂はかなり広まっているようどすなあ」

璃羽はため息をついて、肩を落とした。

「つい今しがた、耳にしたところです」

春雲堂では相当参っているようだった。主人の宗兵衛《そうべえ》がついに寝込んでしまい、娘の璃羽が、縋《すが》る思いで白蛾を訪ねて来たのだという。

「実は明王札の被害に遭うたお店は、他にも何軒かあったんどす。他は皆、言われた通りに、明王堂にお金を置いて行かはりました。父は負けず嫌いの性格どして、春雲堂を一代で大きゅうした誇りもあってか、自ら下手人を捕らえようとして……」

そこで、璃羽は言葉を途切らせる。

「つまり、失敗したのですね」

代わりに白蛾が言った。

「へえ、五日ほど前のことどす。以来、店のもんは皆、夜もろくに眠れんようになってしまいました。こないなことなら、さっさと金を渡してしまえば良かった、て、父も悔やんではります」

いつ火が投げ込まれるかと思うと、近隣にも肩身が狭い。春雲堂は阿漕《あこぎ》な商売をしてたんやないか、という噂も、瞬く間に広がってしまった。顧客も次々に取引を断るようになり、このままでは、商売が立ち行かなくなる……。

「奉行所へは届けたのですか？」

すでに噂になっているのなら、もはや世間に隠す必要はないだろう。

「火まで出したもんやさかい、町方にも事情を聞かれました。せやけど、父は投火やあらへん。あれは家のもんの不始末やて、そない言い張って……」

「明王札のことは、あくまで内密にするつもりなのですね」

「これ以上、騒ぎを大きゅうするより、再び札が置かれるのを待って、お金で事を収める気でいてはります」

「それで、私にどうせよ、と言われるのですか」

白蛾は怪訝な思いで問いかけていた。春雲堂では、すでに対応を決めている。女が、いったい何を相談したいのか、分からなかったのだ。

すると、璃羽はどこか縋るような目を白蛾に向けた。

「ほんまに、春雲堂に瑕疵《かし》があるんやったら、うちはそれを知りとうおます」

「それならば、宗兵衛さんに思い当たることがあるのでは？」

父親ならば、じかに尋ねれば済むことだろう、と白蛾は思う。

ところが、璃羽は強くかぶりを振ると、声音を強めてこう言った。

「あるんやったら、父もうちも悩んだりはせえしまへん。性質《たち》の悪い悪戯か、店の繁盛を妬んだもんの仕業やて思うたさかいに、父も言いなりにはなるまい、と考えはったんどす」

理由も分からぬままに脅されるのでは敵《かな》わない、と璃羽は言った。

「お話は分かりました。ただ、しばらく猶予をいただきます。こちらで調べたいこともありますので……」

「すぐに見てはくれはらへんのどすか？」

璃羽の顔には失望の色が見えた。たちどころに答えが分かるとでも考えていたらしい。

「詳しい事情を知らねば、八卦の見方を間違えてしまいます。慎重に事を進めるのが何よりも肝心なのです」

「どれくらい待ったらよろしおすか？」

「三日、待って下さい。こちらから春雲堂に伺います」

すると、璃羽はすかさずこう言った。

「うちが先生に頼んだてことは、父には内密にして欲しいんどす。三日後、こちらから改めて伺いますよって……」

よろしゅうお願いします、と璃羽は丁寧に頭を下げた。

白蛾は玄関先で女を見送った。いつの間にか傍らに竹四郎が立っている。

「えらい別嬪《べっぴん》はんどすなあ」

竹四郎は深いため息をついてから、わずかに首を傾げた。

「せやけど、なんやおかしおすな」

「何か気にかかるのか？」

そうしている間にも、女は通りの角を曲がり、姿も見えなくなった。

「春雲堂ていうたら、結構な大店どす。そこの嬢《とう》はんが、お供も連れんと出歩くやなんて、めったにあることやおまへん」

なるほど、と白蛾は頷いた。

「先生に八卦見を頼んだことを、よほど家のもんには知られとうないんどすやろな」

そう言った竹四郎に、白蛾は改めて目を向けた。

「春雲堂について、調べては貰えぬか」

戯作者を目指しているだけあって、竹四郎はそういった仕事は、梅岩の講義を聞くよりも好きらしい。おっとりとした印象と、愛嬌《あいきょう》のある顔立ちも一役買ってか、情報を集めるのが得意技になっている。

「分かりました。せやけど、春雲堂の何を知りたいんどす？」

「主人の宗兵衛とその家族について。子供は何人か、妻はどのような女か、何よりも、本当に、『璃羽』などという娘がいるのか……」

その途端、竹四郎はえっと声を上げていた。

「今の女人は、娘やないんどすか？」

白蛾は呆れたように竹四郎を見た。

「本人が勝手にそう名乗っているだけだ。こちらとしては確かめようもない。そんな相手の言うがままに、『春雲堂』の卦など立てられぬ。それに、今しがた、お前も疑問を持っていたではないか」

竹四郎は気がついたのか、すぐに「ああ」と呟いた。

「それで、先生はどないしはります？」

竹四郎の目が輝いている。白蛾は思わず笑いそうになった。

「明王札の出処《でどころ》を探ってみようと思うのだが……」

「せやったら、絵馬屋どすな」

竹四郎は片手を顎に当てながら言った。

参拝客が神社や仏閣に奉納する絵馬を、一手に引き受けているのが「絵馬屋」であった。絵馬屋では、「絵馬師」と呼ばれる専門の絵師が絵を描いている。

「絵馬屋やったら、二条通に何軒かありますえ」

一つ二つと竹四郎は指を折る。二条通は書肆《しょし》が多く、竹四郎は梅岩の使いや新作の絵草紙を求めてよく通っている。彼にとっては庭のようなものだ。

「『飛仙堂《ひせんどう》』、『狛屋《こまや》』、『黄鶴庵《おうかくあん》』……」と、竹四郎は店の名を次々に挙げて行き、最後に「破魔屋《はまや》」で締めくくった。全部で八軒ほどだ。

「二条通ではこのくらいでっしゃろな。三条通にも四、五軒ほどあります」

「その中で、一番小さな店はどこだ？」

明王札の下手人が、人の出入りの多い店で絵馬を求めるとは思えない。

「それやったら、『破魔屋』やろか。他は何人も絵馬師を抱えて手広うにやってますけど、あそこは、絵馬師の主人が一人で描いてます」

「そんなことで、店が立ちゆくのか？」

白蛾は驚いた。商品が多いほど客も増える。参拝客は、必ずといって良いほど絵馬を奉納するので儲《もう》けにもなる。

「破魔屋は客の注文を受けてから、絵馬を描くんやそうどす。祝言や出産、その他数々の祝い事の度に、商家では絵馬を用意して、寺社に奉納しますのや。破魔屋は客の望み通りの絵馬を作る、ていうんで、それなりに人気どすねん。せやけど、先生……」

と言ってから、竹四郎は戸惑いを見せる。

「その分、客筋がしっかりしてます。飛び込みの客は扱うてはらしまへんえ」

確かにもっともな話だ。

「投げ込まれた明王札そのものを見ていないので、絵の上手《うま》い下手は分からぬ。絵馬屋で買った物か、あるいは己の手による物なのか……。どうせ分からぬことずくめだ。まずは、その『破魔屋』から当たってみよう」

するると、竹四郎は怪訝そうに白蛾を見た。

「先生の八卦見で、下手人は誰か、何の目的でそないなことをしているのんか、すぱっと分からへんのどすか」

これまで幾つもあった相談事に対して、白蛾はすぐには八卦を立てなかった。竹四郎は、以前からそれを不思議に思っていたようだ。

白蛾はしばらく間を置いてから、一言こう答えた。

「怖いのだ」

その言葉に、竹四郎は面食らっているようだ。

「人の運命を見るということは、その運命に関わることでもある。それなりに、覚悟もいるのだ」

白蛾は少し厳しい声音で竹四郎に言った。

其の三

白蛾は家の中に戻ると、すぐに二階へ上がった。京の町屋は門口が狭く、奥へと長い。二階も同じように細長い廊下が続いている。階段の側にあるのが白蛾の居室で、納戸を隔てて竹四郎の部屋があった。

窓は、縦格子の桟を壁土で塗りこめた「虫籠窓《むしこまど》」だ。明かり取りの窓の前に文机《ふづくえ》があり、壁に沿って本を載せた棚がある。その棚には、筮竹の入った竹筒と算木が置かれていた。通常、八卦見を頼まれた時は、この易具を使う。

「易経」では、一件に一度しか占ってはならぬと定められていた。ありとあらゆる考えを突き詰めた後の、確信を得るための一占《いっせん》なのだ。卦が気に入らないからと、二度、三度繰り返せば、益々《ますます》真実からは遠ざかってしまう。

後一つの禁は、不正な事の成否だ。頼まれたからといって、なんでも占って良いとは限らない。

だが、朱姫の算木を使う場合の占法は違った。何度占っても構わない。ただし、最初の占いで物事の扉が開く。

――物事には、始めと終わりがある――

白蛾は朱姫からそう教わった。

――開いた扉は閉じねばならない。それを決して怠るな――

「ただ占えば良い、という訳ではないのだな」

――ゆえに、この易具を使う時は心せよ。扉を閉じねば、相手の命運がそなたに降りかかる。場合によっては、命を奪われかねない。嫌ならば、扉を開かぬのが賢明じゃ――」

「もしや、水守神社の神官は、そのために命を落としたのではないのか？」

気になって尋ねてみたが、朱姫は無言のままだった。白蛾の問いに対して、すべて答えてくれる訳ではないらしい。

五十本の筮竹を左手に取った。その中から一本を抜き、これを太極として脇に置く。

次に残りの四十九本を分ける。左手にあるのが「天策」、右手にある物を「地策」とし、さらに地策の中から一本を抜いた物が、「人策」で……。

白蛾は、そこで筮竹を文机の上にバラリと放り投げると、懐から秘易の小袋を取り出した。今では、朱姫の算木は筮竹を必要としないことを知っている。

「朱姫、扉を開け」

白蛾は丹塗りの算木を文机に置くと、声音を強めて言った。その途端、丹塗りの算木は小刻みに震えだし、自らカタカタと動いて、瞬く間に卦を立てた。

上卦が陽、陰、陽。下卦が陽、陽、陽、「乾下離上」の卦だ。

その意味するところは……。

「火天大有《かてんたいゆう》」と、白蛾は呟いた。

大いに栄える盛運の卦であった。何もかも上手く行っている。だからこそ、小石でも躓（つまず）くと危うい……。

「その小石が、明王札という訳だな」

白蛾は秘易を集めて小袋に仕舞うと、再び懐に入れて部屋を出た。

玄関脇の座敷では、梅岩が午後の講義の準備なのか、書見台に向かって本を捲（めく）っている。

「竹四郎を勝手に使ってすみません。私もこれから出かけてきます」

声をかけると、梅岩は目を細めるようにして白蛾を見た。

「竹四郎から事情は聞いとる。せやけど、危ないことに首を突っ込むんやないで」

父親が息子の身を案じるような態度で、梅岩は言った。


二条通に向かう道すがら、白蛾は璃羽のことを考えていた。

璃羽は父親に内緒で白蛾の許へ来たと言った。本当に春雲堂の娘なのだとしたら、明王札を投げ込まれた理由を知りたい気持ちも、分からぬでもない。父親の宗兵衛が、過去に誰かに恨まれるようなことをしたのではないか、と不安なのだろう。

子が親に疑念を抱くなど、あってはならないことだ。だからこそ、白蛾を頼って来たに違いない、とも、考えられるのだが……。

(今はなんとも言えぬ。まずは、春雲堂を知ることからだ)

白蛾は竹四郎の働きに、期待を寄せていた。ころんと丸いその容姿のせいか、竹四郎が他人に警戒されることはめったにない。しかも持ち前の好奇心で、相手から様々な話を聞き出す能力に長けている。

二条通は、確かに絵馬屋が多かった。目指す「破魔屋」は、その二条通を西へ向かった先の、西洞院通《にしのとういんどおり》を少し北へ上がった所にあった。

一本の白羽の矢の絵が看板だ。「破魔屋」の屋号は、正月の縁起物の「破魔矢」から来ているのだろう。

右隣にも絵馬屋があったが、こちらの方が店構えが大きい。戸口の茄子紺《なすこん》の暖簾《のれん》には、「飛仙堂」の文字が大きく染め抜かれていた。脇の格子戸に、扁額が三つほど掲げてある。いずれも縦二尺、横が三尺ほどの大絵馬だ。鎧兜《よろいかぶと》の強そうな武士が、馬上から今にも矢を射ろうとしている場を描いた物と、「源氏物語」の挿絵のような、平安貴族風の男女が語らっている物、あと一つは、母犬の周りで三匹の子犬が戯れている図だ。これはおそらく安産祈願用なのだろう。いずれも見事な出来栄えだった。

人の出入りも多い。店の中には幾種類もの大小様々な絵馬が用意されていて、客は目的に応じた物を選べるようになっていた。

家内安全、良縁祈願、商売繁盛等々……。また願いが叶《かな》った後の、報恩のための絵馬もあった。

飛仙堂の賑わいに比べると、破魔屋はどこか素っ気ない。看板だけは立派だが、開いた戸口に暖簾もなければ、見本の扁額も掲げられてはいなかった。

白蛾が中に入ろうとした時、入れ違いに出て来た者がいて、危うくぶつかりそうになった。大きな風呂敷包みを背負った行商人風の男だ。男は、白蛾に「すんまへん」と頭を下げた。

男が立ち去るのを待って、白蛾は改めて店に入った。玄関脇の座敷に、十五、六歳ぐらいの娘がいて、草紙を読みふけっている。傍らには、何冊かの本が重ねられていた。横座りで、明かりの入る格子窓に寄り掛かり、白蛾が来たのも気づいていないようだ。

普段から客が少ないのか、よほど草紙が面白いのか……。いつ声をかけようかと迷っていると、突然、娘が顔を上げた。黒目勝ちの目が白蛾を捉えたかと思うと、娘は慌てた様子で膝の辺りに手をやった。着物の前合わせがやや開きかけて白い脛《はぎ》が覗いている。

「お、おいでやす」

娘は膝前を直しながら言った。

「お客さん、この店には出来合いの絵馬は置いてしまへん。注文を受けてから描きますよって、絵馬の大きさと形を選んでおくれやす」

娘は白蛾の後ろを指差した。そこには棚があり、まだ何も描かれていない絵馬板が、何種類も置いてあった。一般によく見かける小ぶりな物もあれば、飛仙堂にも負けないほどの大きな扁額もある。

「絵は、お前が描くのか？」

問うた白蛾に、娘は自慢げに答えた。

「兄《あに》さんどす。兄さんは、どないなもんでも上手に描かはります」

「頼まれれば、どんな絵でも描くのか」

「へえ、何でも……」

「ならば、不動明王の絵も描けるだろう」

途端に、それまで愛想の良かった娘の顔から表情が消えた。眉根の辺りに不安の影が、わずかに揺れている。

その時だった。座敷の右手の襖《ふすま》がガラリと開き、一人の男がぬっと顔を出した。

「あんさん、町方やったら帰っとくれやす」

不機嫌そうに男は言った。年齢は二十二、三歳ぐらいだろうか。眉の太い精悍《せいかん》な顔立ちだが、やや顎が細く尖《とが》っている。

この男が破魔屋の絵馬師で、娘の兄のようだ。しかし、顔立ちは似ていない。

「菊《きく》、中へ入っとれ」

男は、尖り気味の顎の先を奥へ向けた。

「兄さん……」

菊というのが娘の名前のようだ。男は浴衣の袖を捲《まく》り上げて、両腕を組んだ。それから二尺ほど高い位置にある座敷の際から、仁王のように白蛾を見下ろした。菊は奥へは行かず、恐々と成り行きを見ている。

「わては、明王札なんぞ描いたことはあらへん」

男は不機嫌そうに言った。

「不動明王の絵、と言っただけで、なぜ明王札だと分かるのだ？」

尋ねると、一瞬口ごもってから男は答えた。

「何やら訴えがあった言うて、町方が絵馬師を調べてはんのや」

その言葉に、白蛾は疑問を抱く。

「明王札を投げ込まれた家は、大っぴらにはせぬと聞いている。札が置かれたことが世間に知れると、余計な詮索をされるゆえ……」

「投火をされたなら、そうも言うとれん。幾らその家が『違う』言うたかて、隣近所は疑《うたご》うてかかるやろ」

「火付けがあった商家といえば、春雲堂だが……」

璃羽の話では、主人の宗兵衛には、明王札の一件を認める気はないようだった。

「町内の町年寄が、訴えたんや」

男の話では、春雲堂は、破魔屋のある西洞院通をさらに北へ上がった先の、中立売《なかだちうり》通《どおり》を少し東へ寄った所にあるらしい。そのまま東へ行けば禁裏に突き当たる。

「場所が場所だけに、ほんまに火事が起こったらえらいことや。禁裏や公家衆の屋敷まで火が及ぶかも知れん。町年寄も、責任を問われて、お咎《とが》めを受けたらかなわん、てそない思うたんやろ」

京都の東西の奉行所の末端を担う町年寄は、町人の輪番制になっている。責務の重さから、自ら引き受ける者がいないためだ。誰しも、自分の当番の折に、やっかいな事件は抱え込みたくはない。たとえ流言の類であっても、見過ごす訳には行かなかったのだろう。

「さっきも言うたように、破魔屋は明王札とは関わりはあらへん。あんたはどうやら町方やなさそうや。客やないんやったら、仕事の邪魔やさかい、どうぞ帰っておくれやす」

最後はわざと丁寧な口ぶりで、男は白蛾に出て行くように促した。

「そう邪険にするな。私は八卦見が生業《なりわい》の、ただの易者だ。名は新井白蛾。明王札という、不動明王の絵馬の噂を聞いて興味が湧いた。それで、訪ねて来ただけだ。他の店も当たってみたが、どこにも不動明王はなかったものでな」

「明王札の実物は、わても見たことはおまへん」

少し気を許したのか、男は素直にそう言った。

明王札を投げ込まれても、内密に済ませたい者は、金を添えた札を明王堂に置いて来ている。今、札が手元にあるのは、おそらく春雲堂だけだろう。

すると、それまで兄の背後で二人の話を聞いていた菊が、いきなりこう言った。

「うち、なんや見たような気がする」

その途端、男の顔が険しくなった。

「お前は、余計なことを言わんでもええんや」

だが、白蛾は男に構わず、すぐに娘に問いかけた。

「どこで見たか、教えてくれぬか」

「確か、子供の頃や。お不動さんの絵が描かれたお札を、見たような気が……」

と、そこまで言った時だ。菊は、突然顔を歪めたかと思うと、その場に倒れ込んでしまったのだ。

「菊っ」と叫んで、男は妹を抱き起こそうとする。

咄嗟《とっさ》に白蛾は座敷に上がり、男の傍らへ寄った。

「私に任せなさい」

そう言って差し伸べた白蛾の手を、男は強い力で払い除《の》けた。

「あんたが来たさかい、こないなことになったんや。さっさと消えてくれっ」

だが、白蛾は男の身体を押し退《の》けると、娘を両腕で抱え上げた。

「そんなことより、早く菊さんを寝かせてやらねば……」

有無を言わさぬ白蛾の態度に、男は諦めたように隣室の襖を開いた。

そこは男の仕事部屋だった。何色もの絵具の皿と、描きあげた絵馬、それに、まだ白木のままの、様々な形や大きさの絵馬板が積み重なっていて、足の踏み場がない。

男はさらに小さな庭に面した廊下に白蛾を案内した。その隣にも部屋があったが、男は廊下を奥へ進んで、突き当りの部屋の障子を開けた。

さほど広くはないが、使い込まれて飴色《あめいろ》をした桐簞笥《きりだんす》や、文机の上に置かれた合わせ鏡が、部屋が娘のものであることを示している。

男は押入れから夜具を引き出して、部屋の真ん中に敷いた。

「医者を呼んだ方が、ええどすやろか……」

先ほどの勢いもどこへやら、男は縋るように白蛾を見た。

「案ずることはない。すぐに目覚めよう」

だが、男はすぐには信じる気にはなれないようだ。医者を呼びたくても、会ったばかりの白蛾に妹を任せるには躊躇《ためら》いもある。

「私は易者だが、多少医術の心得もある。あなたは冷たい水を持って来なさい」

「へえ、水どすな」

白蛾はさらにこう言った。

「置き水ではなく、汲みたての井戸水だ」

その言葉に、男はさらに戸惑いを見せる。

「この家に井戸はあらしまへん。裏の小路に出て、少し行った所に井戸があります。町内の四、五軒が共同で使うてますのや」

「それで良い。すぐに行ってくれ」

と言ってから「急げっ」と、白蛾は声を上げた。これまで終始穏やかな話しぶりだったので、男もさすがに驚いたのか、慌てたように飛び出して行った。

男がいなくなると、白蛾は寝ている娘の傍らに座った。眠っているようだが、時折苦しそうなうめき声を上げている。眉の辺りがぴくぴく痙攣《けいれん》していた。

(見ているのは、悪夢だな)

そう思った時、白蛾の懐が燃えるように熱くなり、女の長い髪がフワリと頬の辺りをかすめた。

視界の端に朱色の衣の袖が、ひらりひらりと揺れている。

「目を貸してくれ」

と白蛾は朱姫に言った。

ふいに白蛾の視野が変わり、目の前が薄い絹で覆われたように霞《かす》んだ。

朱姫が自分の身体の中に入って来る感覚には、未《いま》だに慣れることができないでいる。

さして苦痛はなかったが、身体がズシリと重く感じられ、耳を塞がれたように、周囲の音が聞き取りにくくなる。後で眩暈《めまい》に襲われ、立っているのが辛《つら》くなることもあった。

それでも、朱姫の力に身を委ねることは、決して嫌ではなかった。何よりも、朱姫の存在を肌で感じられる。朱姫からは、ほのかに伽羅香《きやらこう》のような匂いがしていた。

朱姫の目は、白蛾に様々な物を見せてくれる。今、目にしているのは、菊の瞼《まぶた》の裏で繰り広げられている光景であった。

一人の神職の男が井戸の傍らに立っている。そこは、あの粟田口の水守神社だ。井戸越しに躑躅の群れが見える。咲き乱れているすべての花が、真っ白だった。

神官は何者かと対峙《たいじ》していた。夕闇が迫る頃だ。相手の顔は分からない。黒っぽい着物に、町人の髷を結っている。背はそれほど高くはないが、両肩の張った、いかつい身体つきの男だ。

建物のあちらこちらに灯明があり、それらの光が絡まり合って、複雑な影を映し出していた。菊の目線にしては、あまりにも低い。

しかし、目前にしている光景が七年前の火災以前のものであるなら、菊はまだ八つか九つぐらいだろう。

子供の菊は、どうやら柱の陰から二人の様子を窺《うかが》っているようだ。小さな胸にしだいに広がって行く不安が、白蛾にも痛いほど伝わって来る。

「秘龍《ひりゅう》を渡してくれたら、それでええんや」

男はそう言って、手にしていた匕首《あいくち》の鞘《さや》を払った。

「大人しゅう渡してくれるんやったら、命は助けたる」

男は地の底から湧いて来るような声で言った。菊はひどく怯《おび》えている……。

その菊が、恐怖のあまりついに悲鳴を上げた。男の視線が菊を捉える。揺れる灯火の明かりに照らされて、男の顔は、まさに地獄の鬼さながらだった。

「逃げるんや、菊っ」

神官は叫ぶと、男へ飛び掛かって行った。

「あにさん……」

一瞬、躊躇いを見せた菊だったが、すぐに小鹿のように身を翻すと、その場から逃げ出していた。

背後では、神官と男が激しく争う声がしていた。どうしてもそれが気にかかり、振り返ろうとした菊は、何かに躓いてその場に倒れ込んでしまった。

「しっかりしいや」

女が菊を助け起こした。菊は咄嗟に手に触れた物を摑んでいた。何やら絵の描かれた板だ。

女が境内を見た。菊の目にもその光景が映る。それは、兄である神官が、男の刃に倒れる姿だ。

「兄さんが……」

女は茫然《ぼうぜん》としたように呟いたが、すぐに菊の手を引いて走り出した。

「とうや……」

「ここにいたら、あかん。菊ちゃん、早《はよ》う……」

逃げる二人の背後で、突然、炎が燃え上がった。

正月が明けて間もない頃であった。比叡山《ひえいざん》から吹き下ろす風に煽られ、炎は水守神社を包み込み、その無数の触手を、近隣の村へと伸ばして行った。

半鐘が響き渡る中、菊は女の腕の中で、震えながら燃える神社を見つめている。

その手にあったのは、不動明王の絵馬だった。

「菊ちゃん、それをうちにくれはる？」

菊を安全な所まで連れて来ると、女はそう言って、菊の方へ手を伸ばした。

「この札は道しるべや。せやさかい、うちに……」

女の目から涙が溢《あふ》れていた。菊は明王札を女に渡した。女は菊を抱きしめると、その耳元でそっと囁《ささや》いた。

「あの人の仇《あだ》は、きっとうちが討つさかい……」

　そう言った女の顔は、璃羽に驚くほど似ていた。

「遅うなりました」

　戻って来た男が、白蛾に湯飲みを差し出した。白蛾はそれを受け取ると、一気に飲み干していた。

「あんさんが飲んで、どないしますのや」

　男が咎めるように言った。妹の気付けに使うと思っていたらしい。

「娘さんは、もう落ち着いた」

　白蛾はほっと息を吐いた。朱姫に目を借りた後は、ひどく喉が渇くのだ。

「ほんまに、ええんどすか」

　男は疑い深そうに言ってから、妹の顔を覗き込んだ。先ほどとは違って、菊は穏やかな顔で眠っている。

　菊は、あの神官が殺された神社にいて、明王札を見たのだ。おそらく長い間、深い沼に沈めていた記憶が、「明王札」の言葉をきっかけに、一気に蘇《よみがえ》って来たのだろう。

（朱姫、この娘の記憶を封じてくれ）

　朱姫の目を通して、菊の記憶を見ることができた。もはや、その口で、辛い出来事を語らせる必要はない。

朱姫は眠っている菊の顔に口を近づけると、ふうっと息を吹きかける。男には当然その姿は見えてはいない。

「あなたは、本当に菊さんの兄なのか？」

白蛾は男に尋ねた。菊は、水守神社の神官を「兄さん」と呼んでいた。

白蛾に問われて、「実は」と、男は重そうに口を開いた。

「わての名は朔治《さくじ》て言います。菊は粟田口の水守神社の娘なんどす。両親を早うに亡くし、跡を継いだ兄と二人で暮らしていました」

「粟田口の水守神社というと、火災で焼失した……」

「へえ、七年前の享保十八年のことどす」

菊の兄は、天見藤弥《あまみとうや》といった。十八歳で父親を亡くしたため、跡を継いだ。母親は、菊が幼い頃にすでに他界していた。藤弥は菊の親代わりでもあった。

「破魔屋の先代やったわての父は、縁起物を扱《あつこ》うていた縁で、天見家とは付き合いがおました。そのこともあって、火災で身寄りを亡くした菊を、養女にしたんどす」

当初、菊は兄が賊に襲われたと町方に話した。しかし、破魔屋に引き取られてからは、事件のことは一切語らなくなった。本人が自ら記憶を封じるなら、それにこしたことはない、と朔治の父親も考えた。

「わての母親は、その後亡うなったんやけど、二人とも菊を実の娘のように可愛《かわい》がって育てたんどす。せやのに……」

朔治は悔しそうに唇を噛《か》んだ。

「あんさんのせいで、あの出来事を思い出してしもうた。わてはあんさんを恨みます。ほんまに、余計なことをしてくれた」

「明王札の事件は、七年前にも起こっていたのか？」

菊が逃げる際に手にした札には、明らかに不動明王の絵が描かれていた。梅岩は、七年前に相次いで起こった火事の折に、火札の話は聞いていないと言った。しかし、表に出ていないだけかも知れず、また、明王札の使い方も、火札とは違っていたとも考えられる。

「知りまへん」

白蛾の問いかけに、朔治は困惑したようにかぶりを振った。

「その頃、わては十六歳どした。下津井村が全焼したあの火災は、確かに恐ろしゅうおましたけど、火札が関わっていたかどうかは……」

朔治はよほど妹が気になるのか、視線を落として菊の顔を見た。

「安心するが良い」

白蛾は朔治に労《いたわ》りの目を向けた。

「菊さんは、もう何も思い出すことはない。朔治さんはこれまで通り、菊さんの兄でいれば良いのだ」

「ほんまどすか」と、朔治が不安を露《あら》わにした時、菊が「ううん」と声を上げ、ぱっちりとその目を開いた。

「うち、どないしたんやろ」

きょとんとした顔になると、慌てたように半身を起こした。

「なんでお布団に寝てるん？」

「菊、お前……」

朔治は安堵《あんど》したように妹の顔を見た。

「私はこれで失礼します」

白蛾が腰を上げると、菊は驚いたように目を見開いた。

「兄さん、お客さんが来てはったんやな。うちは、いったい……」

「なんでもあらへん。お前が突然気分が悪いて言うもんやさかい、医者を呼んだだけや。もう帰らはる」

そそくさと立ち上がると、朔治は白蛾を追い出さんばかりの勢いで、玄関先まで連れ出した。

「もう来んといて下さい。ほんまに、破魔屋は明王札とは関わりはないさかい……」

拒めば塩でも撒《ま》きそうな勢いで、朔治はきっぱりと言い切った。

家に帰るつもりで、二条通を越え、西洞院通を御池通に向かって下っていた白蛾だったが、身体がひどく疲れているのを感じたので、少し休もうと、途中にあった小さな御堂の境内に立ち寄った。

やはり、霊体を生身の身体に受け入れるには、かなり無理があるようだ。それが、めったに朱姫の力を借りられない理由でもあった。

御堂の縁に腰を下ろしていると、目の前に人影が見えた。顔を上げると、日暮れ前のささやかな日差しの中に、初老の男が立っている。白蛾と同じような着流しに羽織姿だ。白髪交じりの総髪に、首に黒曜石の玉を繋いだ数珠を掛けている。易者か、顔相、手相見のような風体だ。

「そなた、随分と難儀な相をしておるな」

男は興味深そうに白蛾の顔を覗き込んで来た。

白蛾はゆっくりと腰を上げた。

「あなたは、顔相を見られるのですか？」

男の顔に笑みが浮かんだ。顔には年相応の皺《しわ》を刻んでいるが、肌艶も良く、何よりも目の輝きが強い。

「それも女難の相だ。そなた、とてつもない女に魅入られたな」

「私に取り憑《つ》いているものが、あなたには見えるのですか？」

するると、男の目が一瞬キラリと光った。

「その懐の中にあるのは、秘易であろう」

それまで和やかだった男の顔が、急に険しくなった。

白蛾は思わず胸元に手をやった。易具のある辺りが、なんだか焼けるように熱い。

「あなたは、これが何か知っているのですか？」

男は大きく頷くと、重々しい口ぶりでこう言った。

「その算木は、骨で出来ておるのだ」

それは、すでに白蛾も考えていたことだ。

「おそらく鹿の骨ではないか、と……」

「龍女のあばら骨で作られた物だ。ゆえに、秘龍とも呼ばれる」

（秘龍……）

白蛾は、菊の記憶の中にあった天見藤弥を脅していた男が、同じ言葉を発していたのを思い出した。

――秘龍を渡してくれたら、それでええんや。……命は助けたる――

秘龍とは、この秘易のことであったのだ。

「あなたは、何者ですか？」

「今は、そのようなことを言うている場合ではなかろう」

男は首から数珠を外すと、右手で握りしめ、白蛾に向かってそれを翳《かざ》した。

ジャラリと数珠の玉の触れ合う音がする。男はサッと右手を真横に一振りした。

その瞬間、白蛾の身体がすうっと軽くなり、随分楽になった気がした。

「わしは海津地玄鳳《みづちげんほう》というて、占いを生業にしておる者じゃ」

「京の方ではないようですね」

「西国の生まれじゃが、しばらくは京におる」

それから、玄鳳は厳しい顔つきになり、忠告するように白蛾に言った。

「秘龍を使えば、己の気の力を奪われる。気力の源は命じゃ。よほどの天眼力を持たねば、まさに命を削ることになる。己の身に過ぎると思うたら、早々に手放すことじゃ」

其の四

梅岩の家に帰り着いたのは、すでに日も落ちた頃だった。魚を焼く匂いが、厨《くりや》から漂って来る。ちなみに、京では「厨」のことを「台所庭《だいどころにわ》」と言う。「台所」は、食事をする座敷のことだ。

その台所へ行くと、すでに膳の用意が整っていた。

「先生、待ってましたえ」

竹四郎が白蛾を手招きで呼んだ。梅岩もすでにいて、珍しく酒の徳利《とっくり》を手にしている。

「竹四郎は酒が飲めんのや。晩酌の相手はあんさんやないと……」

梅岩は、酒好きだが少々弱い。すでに頬が赤いところを見ると、白蛾の帰りが待てなかったようだ。

白蛾は膳を見て驚いた。梅岩は普段から質素を心がけている。しかしどうしたことか、今夜は、まるで祝い事さながらの豪勢な料理が並んでいるのだ。出汁《だし》巻《ま》き卵も蒲鉾《かまぼこ》も、めったに膳に載ることはない。葱《ねぎ》の酢味噌《すみそ》和《あ》えや焼き茄子、といった手の込んだ料理を作れる者は、この家にはいない。

「お帰りやす」

その時、厨から一人の女が顔を出した。呉服問屋「淡路屋《あわじや》」の御寮人、お勢《せい》だった。綺麗に結い上げた髪の鬢《びん》に、多少白い物が混じっているが、とても二十五歳を頭に四人の子供がいるとは思えない。お勢は他ならぬ竹四郎の母親であった。

「今日は、白蛾先生に用があって参りましたんや」

お勢は、竹四郎にちらりと視線を走らせた。

「そないな所に座ってへんと、少しは手伝いなはれ」

そう言って、焼き魚の皿を竹四郎に差し出す。

「先生、ちょっとよろしやろか。それとも、先にお食事にしはりますか？」

お勢は残りの料理を運ぶように息子に指示すると、待ちわびたように白蛾に言った。

当然、白蛾には異存はない。彼が易者として生計が立てられるのは、お勢の尽力があったからだ。

お勢は日頃から、近隣との付き合い、株仲間の寄合、茶会の場などで、白蛾の易の腕を宣伝してくれている。家相から良縁、子供の名前付け、と相談事は多岐に亘《わた》ったが、今のところどれも好評で、今年の元旦などは、一年の運勢を占って欲しいという依頼が五件ほども入ったぐらいだ。

「お話ならば先に伺います。多分、酒が入るでしょうから……」

白蛾は梅岩に視線を向ける。

「先にゆるゆるやってるさかい、わしはかまへん。こないに馳走《ちそう》して貰うたんや。じっくり話を聞いてあげはったらええ」

幾ら息子が世話になっているからといって、これほどの酒や料理を振舞うにはそれなりの理由がある。梅岩もまた、常とは違うものを、お勢の態度から感じ取っているようだった。

「お母はん、また白蛾先生に縁談話どすか？　あきまへんえ。先生と所帯を持ちたいて望んではるおなごは仰山いてますのや。おなごの恨みは怖い……、あいたっ」

竹四郎が最後まで言い終えるのを待たずに、お勢は、剃《そ》り上げたばかりの息子の月代《さかやき》をぺしりと叩《たた》いた。

「ほんまに、梅岩先生の所に住み込むようになって、口ばっかり達者になって……」

お勢はぶつくさと文句を言う。それを「まあまあ」と宥《なだ》めてから、白蛾はお勢を二階へ連れて行った。

「実は、これなんどすけど」

お勢は、改まったように居住まいを正してから、懐から何かを取り出して畳の上に置いた。縦五寸横四寸ほどの薄い板だ。

ただの板ではない。炎を背に、憤怒《ふんぬ》の形相をした不動明王の絵馬だ。

「お勢さん、これは……」

白蛾は驚いて顔を上げる。

「明王札どす」

神妙な顔で、お勢は頷いた。

「なぜ、これをあなたが」と問おうとして、すぐに「もしや」と言い換える。

「そうどす」と、お勢は頷いた。

「今朝方早うに、庭の裏木戸の所にあったのを、お美代《みよ》が見つけて……」

お美代は、淡路屋の住み込みの女中だった。朝餉の支度をしようと裏の井戸端へ行って、絵馬を見つけた。

お美代は、すぐに女中頭のお島《しま》に知らせた。不動明王の絵馬……。それが「明王札」と呼ばれて、京の商家を脅《おびや》かしていることを、すでに知らぬ者はいなかった。

お島は機転を利かせて、お美代に口止めをした。長年、淡路屋に仕えて来たお島は、これが商売を左右することを熟知していた。

――あの店は、明王札を投げ込まれたそうや――

――なんぞ、あくどいことでもしたんやないか――

――せやさかい、繁盛してんやないか――

――昔あった火札みたいに、ほんまに投火されたら、こっちが迷惑する。金で済む話やったら、さっさと片を付けて貰わんと――

そんな噂があちらこちらで囁かれ出したら、店は確実に危うくなる。

破魔屋の朔治の話では、すでに町方の耳にも入っているようだ。しかし、札を置かれた当人から訴えが出ないことには、町方も動きようがない。

実際、火付けに遭った春雲堂ですら、認めようとしないのだ。それほどに、京の商家は体面を大事にする。

「身に覚えのないことで脅《おど》されるやなんて、こない理不尽なことはおへん」

お勢は、腹立たしげに言った。

「『淡路屋』は、淡路から出て来た三代前の御先祖が、反物の行商から始めて、ここまで店を大きゅうしたんどす。それこそ寝食を忘れて働いたんやて、亡うなった亭主からよう聞かされてましたわ。とにかく、淡路屋は、他人様に後ろ指を差されるようなことは、何一つあらしまへん。とんだ言い掛かりどすわ」

夫亡き後、女手一つで店を守って来たお勢にとっては、明王札の存在は屈辱以外の何ものでもなかった。

「長一郎《ちょういちろう》さんは、この件についてはなんと？」

長一郎は、お勢の長男で、淡路屋の四代目の主人であった。

「まだ、言うてしまへんのや」

何事も白黒はっきりつけるお勢には、珍しいことだった。

疑心暗鬼という鬼が、お勢の胸の奥に生まれている。白蛾はそれを感じて、この明王札をばら撒いている犯人の、ずる賢い意図に舌を巻いた。

淡路屋自体には問題はないだろう。悪い商品を高値で売ってもいないし、実際よりも法外な値で取引をした訳でもない。店が大きくなれば、妬まれもするだろう。しかし、お勢が言うように、世間に何一つ恥じるような商売はしていない。

その思いは、明王札で金を揺すられた他の店も、同じであったのではないか。

だが、人の恨みというものは、思わぬ所で発生する。竹四郎はともかく、お勢の上の三人の息子等《ら》は、母親に似たものか、皆、きりりとした男前であった。

三人の内の誰かが、もしくは三人とも、母親の知らないところで女の恨みを買っていないとも限らない。三男の吉三郎《きちさぶろう》は、すでに婿養子になって他家に入っているが、次男の時二郎《ときじろう》はまだ嫁を取っていない。長男には許嫁《いいなずけ》がいて、この秋に祝言を迎える予定だ。

一方、母親のお勢は、元は祇園《ぎおん》の芸妓《げいこ》で、淡路屋の先代の長右衛門《ちょうえもん》に乞われて、後妻に入っていた。

前妻は身体が弱く、嫁いで間もなく病に罹《かか》り他界していた。その病の原因がお勢にあると、当時、相当周囲から陰口を叩かれたらしい。

実際は、長右衛門がお勢と出会ったのは、前妻が亡くなった後のことだった。気丈で明るく、しっかり者……。虚弱だった前妻にはなかったお勢の気質に、長右衛門が惚《ほ》れ込んだのだろう。

「この年まで生きていたら、いろいろおますやろ。知らず知らず、他人様を傷つけていたんかも知れん。そない考えたら、向こうが言うように、金を払《はろ》うて仕舞いにした方がええんやないやろか、て……。何しろ、春雲堂さんのこともおますさかい」

——春雲堂が、犯人を捜そうとして投火をされた——

その話が都中の話題になっていることは、すでに白蛾も知っている。

「いったい、幾らの金を求められているのですか？」

改めて尋ねると、お勢は絵馬の裏を見るようにと言った。

裏には、墨で「銀六十匁《もんめ》」の文字と、この絵馬を明王堂に置くよう書かれてあった。

意外な気がした。銀六十匁といえば、金一両だ。大店にとっては、決して出せない金額ではない。というより、むしろ少なすぎる。

「金が目当てではありませんね」

白蛾の言葉に、お勢は「そうどすやろ」と膝を進める。

「うちもおかしいて思いましたんや。ほんまに、どないな秘密を知ってんのか分からしまへん。せやけど、言う通りにしたら、その『分からへんこと』を認めるようなもんどす。金を払えば済む、て話やないのんと違いますやろか」

「明王札の、本当の意味を知る必要がありますね」

「先生、助けてくれはりますか」

縋るようなお勢の眼差しを受けながら、白蛾は「お引き受けします」と即座に答えた。

すでに春雲堂とも関わっている。むしろ、実物の明王札を目にすることができたのは、都合が良かった。

初めて見る札の不動明王は、それは精巧に描かれたものだった。逆立つ髪にも、睨《にら》みつける双眸《そうぼう》にも、左右に引き結んだ口の左右から覗く牙にも、送り付けた者の怒りがはっきりと感じられる。光背の炎の形や、両刃の剣の切っ先の鋭さまで、実に細やかに描き込まれていた。

(朔治ならば、誰が描いたか分かるのではないか?)

ふとそう思った。

「春雲堂と淡路屋以外に、明王札を置かれた店がどこか、知る方法はないでしょうか?」

なんらかの共通点が分かれば、何かの手掛かりになるような気がした。

「そうどすなあ」と、お勢は首を傾げる。

「どこの店も言いたがらしまへんさかいなあ。今のところ、下手な手を打って、皆に知られてしもうたんは、春雲堂はんだけどすやろ」

そう言ってから、お勢は小さくかぶりを振った。

「このまま金を払わんかったら、淡路屋も同じ目に遭うかも知れまへん」

元々大した金額ではないのだ。金で事が済むならそれに越したことはない。何よりも、お勢は、長男の縁談に差し障りがあるのではないか、と案じているのだ。

白蛾は、改めてお勢に視線を向けた。

「金と札を用意して下さい。私が明王堂へ届けます」

白蛾の意図は、お勢にも察しがついたようだ。不安そうに眉の辺りを曇らせながら、お勢は言った。

「待ち伏せして下手人を捕まえようとした春雲堂さんの、二の舞になるんと違いますやろか」

「下手人が、春雲堂の動きを見張っていたのは確かです。用心して事に当たれば、何かが分かる筈。どうか、私に任せて貰えませんか」

絶対大丈夫だとは言えなかったが、他に方法があるようには思えなかった。実際、明王堂に置かれた金は無くなっているのだ。何者が取って行くのか、それを知りたい。

「よう分かりました。先生を頼ってここへ来たんどす。何もかも任せまひょ」

お勢は安堵したように、その顔を綻ばせた。


「先生、お母はんの用事てなんどす？」

母親を見送るやいなや、さっそく竹四郎が尋ねて来た。白蛾は、取りあえず「部屋へ戻ろう」と、竹四郎を促した。

「やっぱり、先生の縁談と違いますか？」

興味津々のその眼差しに向かって、白蛾は淡路屋に明王札が投げ込まれたことを告げた。

一瞬、竹四郎はぽかんとした様子だったが、たちまちその白い顔が真っ赤に変わった。

「淡路屋には後ろ暗いところなんぞ、これっぽっちもあらしまへんっ」

穏やかで、おっとりとした性格の竹四郎が、珍しく怒りを露わにしている。

「落ち着くのだ。いずれにせよ、淡路屋のためにも、早く下手人を見つけねばならぬ」

白蛾の言葉に、竹四郎は二、三度大きく息を吐いた。

「それで、春雲堂だが……」

「そのことどすけどな」

竹四郎が聞いたところによると、やはり春雲堂に「璃羽」という娘はいなかった。

「主人の宗兵衛は四十代半ば。春雲堂の婿養子に入って、一代で禁裏御用を務めるまでに、店を繁盛させてます。ただ明王札の件で、痛手を被ってはるんは確かどすなあ。あの女人が言うてたような、『寝込む』ところまでは行ってしまへんけど、店を息子に任せて、別宅で療養してはるんやそうどす」

「家族は？」

「女房には先立たれてます。息子が一人いてまして、今は父親の代わりに店の切り盛りをしてますわ。幸之助《こうのすけ》いうて、十八歳やそうどす」

そう言うと、竹四郎は怪訝そうに首を傾げた。

「せやけど、何のために、わざわざ嘘《うそ》までついて春雲堂を助けようとしてはんのやろ。春雲堂の方が、世間に漏れるんを嫌がってんやったら、勝手に先生の所へ来るのんもおかしな話どすなあ」

竹四郎が疑問に思うのも無理はない。

「助けたい訳ではないのやも知れぬ」

白蛾は言いかけて、すぐにあっと思った。

「あの女人は、春雲堂の秘密を知りたいのではないのか？」

竹四郎は、納得したようにぽんと膝を打った。

「春雲堂の身内と見せかけて、先生に春雲堂の隠し事を暴かせる。全くの他人の頼みやったら、先生は承知しまへんさかい……」

確かに、娘が父親の身を案じることは、至って全うな行いだった。

三日後、春雲堂を訪ねると言った白蛾に、妙に焦りを見せて、「こちらから改めて伺います」と璃羽は応じた。やはり店に来られては困るのだ。

ふと菊の目を通して見た、燃え上がる水守神社の光景が脳裏に浮かんだ。その炎に照らし出されて、菊を正面から見つめていた女の顔……。今よりも若いが、やはりあれは、璃羽ではないだろうか。

――あの人の仇は、きっとうちが討つさかい……――

まるで己自身に言い聞かせるような、強い決意を秘めた声音であった。

（春雲堂と、菊の兄を殺害した者の間に、何か関わりがあるのだろうか？）

「竹四郎、頼みがあるのだが……」

白蛾は竹四郎に向き直った。

「この明王札を、破魔屋の朔治という絵馬師に届けて貰いたいのだ」

「これを、どないするつもりどす？」

竹四郎の目がきらりと光る。

「絵馬師ならば、この絵を描いた者を知っているのではないか」

朔治は明王札など見たこともない、と言っていた。実物を見れば、何か気がつくこともあるかも知れない。

「へえ、分かりました」

竹四郎は幾分緊張した面持ちで、明王札を受け取った。まるで、札に淡路屋のすべてが掛かっているかのようだ。

「言っておくが、そうすんなりとは行かぬぞ」

「札を見せれば済むんと違います？」

「先ほど二度と来るなと追い返されたばかりだ。覚悟しておけ」

白蛾の言葉に、一瞬、怯《ひる》む様子を見せた竹四郎だったが、すぐに「承知した」と言うように大きく頷いていた。

一人になった白蛾は、懐から秘易を取り出した。

「朱姫、昼間の男が何者か知っているのか？」

破魔屋からの帰りに御堂で会った、「玄鳳」と名乗った初老の男のことだ。

周囲の空気が重くなった気がした。朱姫が現れた証拠だ。何かの力が白蛾の身体の周りを取り巻いているのを感じる。その力を取り入れるのだから、身体がおかしくなるのも無理はないと思う。

「あの男は、お前のことを知っていたぞ」

――海津地は、天見と同じ、秘易を知る者だ――

「私は彼に助けられた。お前の力を借りると、ひどく疲れるのだ」

――そなたの命は強い。ゆえに、私の主でいられる――

（それで、私を慰めているつもりか）

白蛾は胸の内で笑った。白蛾とて、己の未熟さはよく分かっている。

「海津地玄鳳にも、秘易が使えるのか」

――使える。だが、藤弥は、そなたを秘易の主に望んだ――

「藤弥殿が、私を知っていたと言うのか？」

白蛾は驚いて、思わず声音を強めていた。

「私が京へ来たのは三年前だ。藤弥という神官が亡くなったのは七年前。その頃、私は京へ上ることなど考えもしなかった。ましてや、藤弥殿が私を知る筈もない」

――秘易を己のために使えば、それを最後に力を失う――

「それは、最初にお前が言った言葉だ。もしや、賊に襲われた時、すでに藤弥殿は天眼力を失っていたのではないのか？」

――秘易の本当の力は、人に望み通りの運命を与えることだ――

朱姫は淡々と語り続ける。

――秘易に己の望みを念じれば、思うままの人生の卦を顕《あら》わす。その者の将来はその卦によって進んで行く。富が欲しい者には富を、力が欲しい者には力を、美女を欲すれば、望み通りの女が手に入る。それは、己の行く末を占うことにも等しい。ゆえに、それを最後に、私との絆《きずな》は切れてしまうのだ――

己の望みを念じたり、行く末を知ろうとすれば我欲が生じる。欲を持てば、天眼力が消える……、そう朱姫は言うのだ。

「では、水守の神官は、私がお前の主になれるよう、卦を立てたというのか」

白蛾は全く訳が分からなくなった。

――藤弥はある予兆を得た――

白蛾の混乱を知ってか知らずか、朱姫の態度は平静そのものだ。

「藤弥殿には、未来を見通す力があったのか？」

――藤弥は、たまに夢で予兆を見た――

「卦に頼らずとも、これから起こることが分かるのか」

――元々備わっている、天眼の力によるものだ――

「それは、悪い予兆なのか？」

白蛾は尋ねた。あまり良い事のようには思えなかった。

――菊に関わるものであった。その予兆を避けられる者を、藤弥は望んだ。それが、そなたじゃ――

「妹のために、私が必要だった……。つまり、そういうことか」

白蛾は朱姫に念を押すように言った。

――私は藤弥に命じられるままに卦を立てた。そうして、そなたが水守の社へやって来て、私の主となった――

「その予兆とは、どういうものなのだ？　菊さんに何が起こるというのだ」

――知らぬ――

と、朱姫はかぶりを振った。

――私は易具じゃ。ただ卦を立てるのみ――

「お前は、いったい何者だ？」

やや間を置いてから、白蛾は尋ねた。いつかは知りたいと思っていたのだ。

「それくらいは、話してくれても良かろう」

白蛾は懇願した。

長い沈黙が訪れた。白蛾は根気良く、朱姫が語り出すのを待っていた。

――遠い遠い昔のことだ――

朱姫はやっと話す気になったようだ。

――大陸に周という国があった頃のことだ。そこに伏義《ふっき》と女媧《じょか》の男女神の血を引く一族がいた――

伏義と女媧は、清国の創世に関わる人頭蛇身の神であった。伏義が天地の自然現象を読み解いて八卦を作ったとされている。易占の根本に纏《まつ》わる話なので、白蛾もそのことは知っていた。

――蛇身、すなわち龍身でもある。その一族の中に、何十年かに一度、天眼力を持つ女が生まれる。それが、龍女だ――

龍女は未来を見通せる。ある日、周の十二代目の王、幽王《ゆうおう》は龍女を宮中に呼び、こう命じた。

「この国の勢いは、衰えようとしている。これを盛り返すためにはどうすれば良いか、伏義の子孫ならば答えられるであろう」

――幽王の玉座の隣には褒姒《ほうじ》という寵姫《ちようき》がいた。褒姒は身ごもっていた。私は、この国を守りたければ、褒姒と生まれる子を身辺から遠ざけるように、と告げた――

それは、まさに命がけの進言であった。

朱姫は、褒姒とその子の存在が国を滅ぼす要因になる、と幽王に言った。

――王は怒り、私を処刑して、遺体を山野に捨てた――

朱姫は、淡々と己に起きた痛ましい出来事を語った。

「お前の村の者たちはどうなったのだ？」

――私は王に召し出された時、自分に起こる運命を知った。だから一族には村を離れ、身を潜めて生きるよう伝えておいたのだ――

「断ることはできなかったのか？」

――断ったところで、私の運命は変えられぬ。どちらにしても、私の命はなかった――

この後、褒姒が男児を産んだ。幽王は正妃と太子を廃し、その座を褒姒と子供に与えた。

褒姒が笑うからと、外敵が侵攻して来た時に知らせる狼煙《のろし》を上げさせ、家臣や兵士を混乱に陥れた。廃された正妃の父親が異民族と手を組み、周に侵攻した時には、もはや誰一人、幽王に味方する者はいなかった。

「お前は、そうなることを知っていたのか？」

――幽王が私の言葉を聞き入れれば、王も国の運命も変わっていただろう。運命とはそういうものだ。決められているようで、実はそうではない。時には、己の力で切り開くこともできる。だが、大抵の者はそのまま流されてしまう――

「まるで、川のようだな」

白蛾はぽつりと呟いた。

――運命とは、大河のようなものだ。ただ流されて行く者もいれば、自ら泳ごうとする者もいる。時には流れに逆らう者も……――

「人の力では、所詮、泳ぎ切るには無理があるのではないか？」

すると、朱姫はフワリとかぶりを振って、こう言った。

――それでも、どこかの岸辺には辿《たど》り着けるやも知れぬ――

「周という国は、その後、どうなったのだ？」

結局、周は幽王の死と共に滅ぼされ、正妃の産んだ平王《へいおう》が擁立された。平王は都を東へと移し、東周の時代が始まった。

――東周は、秦《しん》という国に滅ぼされた。遠い、遠い昔の話だ――

「誰がお前を易具にしたのだ？」

――唐の国の頃、日本から下道真備《しもつみちのまきび》という男がやって来た。この男は、唐で様々な学問に関わるうちに易占に興味を持ち、伏羲と女媧の子孫の話を知った。長く唐にいた間、私が捨てられた山野を探しあて、ほとんど埋もれていた私の骨を、掘り出したのだ――

「下道真備というと、吉備《きびの》真備のことだな」

吉備真備は養老《ようろう》元年（七一七年）に、玄昉《げんぼう》、阿倍仲麻呂《あべのなかまろ》等と、唐に渡っている。帰国したのは、天平七年（七三五年）のことだ。下級役人であった彼は、この後、目覚ましいほどの出世を遂げた。

――見つけられた骨はわずかなものだったが、その骨で真備は算木を作った。以来、私は彼を守り続けたのだ――

帰国の途は困難を極め、四隻の船の内、一隻が難破した。

――真備は、私の存在が世に知られることを怖れた。秘易となった私は、望むままの運命を人に与える力がある。真備は子の一人に私を委ね、代々秘匿するよう命じた。それが、水守神社の天見家だ――

朱姫はほとんど抑揚のない声で語り続けた。まるで他人の生き様を話しているかのようだ。

白蛾は胸が塞がる思いがした。人にはない力があった。その力が、一人の娘の運命を無残なものに変えたのだ。

朱姫が、その運命を受け入れていることが、白蛾は哀れで仕方がなかった。

「お前は、死した後にも人に使われているのだな」

その途端、目頭が熱くなった。白蛾の頰を涙が伝って落ちた。拭おうとした時、朱姫の着物の袖が、白蛾の顔にそっと触れた。

——哀れむことはない。今の私は、ただの易具に過ぎぬゆえ——

ふいに、カタカタカタ……と慎ましい音を立てて、算木が勝手に動き始めた。朱姫が自ら卦を立てたのだ。

上卦、陽陽陽、すなわち、乾。下卦、陰陰陽、すなわち、震。

「天雷无妄《てんらいむぼう》……」

成り行きに身を委ね、流れのままに行け……。

それは、朱姫から白蛾への助言に思えた。自らの運命を知ることを禁じられている白蛾のために、時に朱姫は卦によって道を示してくれる。

確かに大きな流れの中にあっても、自ら泳いでいれば、必ずどこかの岸辺には辿り着く。辿り着けなくても、溺れることはないだろう、そう白蛾は思った。

第二章　☰☳ 天《てん》雷《らい》无《む》妄《ぼう》

其の一

翌日、朝の講義が終わると、竹四郎はさっそく破魔屋へと出かけて行った。朔治が、竹四郎が白蛾の使いと知ったとしても、よもや乱暴を働くことはないだろう。せいぜい塩を撒かれるぐらいだ、と、白蛾は全く案じてはいなかった。

梅岩には、しばらく竹四郎を借りる旨を伝えておいた。これまでにも竹四郎に頼ることはあったので、梅岩も「いつものこと」と承知するかと思ったが、今回ばかりはあまり良い顔はしなかった。

「わしも少し調べてみたんやが……」と、梅岩は眉間に皺を寄せた。

「春雲堂に璃羽という娘さんはいてへんかった」

「そのようですね。竹四郎もそう言っていました」

「身元を偽ってまで、あんさんに会いに来たんや。深い事情があるのんは分かる。せやけどな。事は火札に関わることや。ここは町方に任せた方がええんと違うか」

梅岩の言うことは、もっともだと思う。しかし、神官を襲った男は、明らかに秘易を求めていた。それは、朱姫の本来の力を知っているからに相違ない。だとすれば、すでに白蛾自身が、この件の当事者ということになる。

何より気になるのは、天見藤弥という若い神官と、璃羽との関わりだ。

——あの人の仇は、きっとうちが討つさかい——

菊から明王札を受け取った女が璃羽であるなら、この女は、藤弥を殺した人物をずっと捜し続けて来たに違いない。

その璃羽が、なぜか春雲堂に行き着いた。

「春雲堂の息子のことやけどな」

「若主人ですね」

「幸之助ていうんやが、宗兵衛とは血の繋がりがあらへんそうや」

白蛾は驚いて梅岩を見た。初めて聞く話だ。

「幸之助は先代の子や。主人が流行り病で亡うなった後、御寮さんは番頭さんと二人で、店を切り盛りしていた。その番頭さんが突然倒れてしもうて、困っていた折に、宗兵衛を雇うことになったんや。宗兵衛は元々、堺《さかい》辺りの茶道具屋で手代をやっていた。当然、商売にも詳しい上に、男ぶりがようて口も達者や。客の受けもええ。御寮さんも頼りにするようになって、とうとう春雲堂の入り婿になった」

「幸之助との仲はどうなのですか」

「いずれ、幸之助に店を継がせる。自分はそれまでの中継ぎや、て、宗兵衛は周囲のもんに言うてたそうや。御寮さんは二年前に病で亡うなったんやが、父子共々、仲良う店をやっとる。喧嘩《けんか》一つ、口争い一つしたことはない。本当の親子のようや、て近所でも評判らしい。宗兵衛が主人になってからの春雲堂は、益々繁盛して、今では禁裏御用達《ごようたし》の大店になっとる。そないな時に明王札の騒ぎや。ほとんどのもんは、春雲堂に同情しとる」

梅岩は、それらの話を弟子たちから聞いたのだという。梅岩の弟子たちは、商家の子弟がほとんどなので、そういった話題に詳しい者もいるのだ。

聞いた限りでは、春雲堂に瑕疵などありそうもない。気になるとすれば、宗兵衛の出自だ。堺にいた頃の宗兵衛を知る者は、おそらく京にはいないだろう。

（ここは、明王札から辿るしかあるまい）

白蛾は腰を上げると、梅岩に「出かけてきます」と言った。

「よもやとは思うが、くれぐれも無茶はせんこっちゃ」

梅岩の顔には不安の色が浮かんでいる。

（やはり、竹四郎には手を引かせよう）

白蛾は胸の内で呟いた。

淡路屋に顔を出すやいなや、お島はすぐに「御寮さんが待ってはります」と白蛾を奥へと案内した。

お勢は、金の入っているらしい紙包みを用意して、白蛾を待っていた。

「今夜、明王堂に行ってみます」

そう言って、白蛾は紙包みを受け取った。

「それで、竹四郎にはこの事を？」

「話しました」

――淡路屋には後ろ暗いところなんぞ、これっぽっちもあらしまへん――

竹四郎の言葉を伝えると、お勢は「あの子が、そないなことを」とぼそりと言って、そっと着物の袖を目元に当てた。

「四人兄弟の末っ子で、どことのう頼んない子やて案じてましたんやけど、ちゃんと家の事も考えてくれてはったんやなあ」

ほうっと肩で大きく息をしてから、お勢は改まった様子で白蛾を見た。

「明王札の下手人の理屈は、決して世間に通るもんやないし、通してええもんでもない、とは、思うてますのやけどなあ」

お勢は迷いを見せる。

「お金で解決できるんやったら、そないした方がええんと違うやろか、て……」

「お気持ちは、よく分かります」

あえて波風を立てることはない。嵐の日にわざわざ外を出歩く者はいないのだ。だが、事を荒立てることを怖れる人の心に、明王札を撒いた下手人が、付け込んでいるのは確かだ。

「お勢さんがそう考えておられるのなら、私は、札と金を置いて戻って参ります」

そうすれば、少なくとも淡路屋には危害は及ばない。

その時、いきなり障子がガラリと開いた。勢い良く入って来たのは、淡路屋の若主人、長一郎だった。

母親に似て、目鼻の整った顔立ちだ。色白の肌が、怒りからか赤く染まっている。

「いつものお母はんとは、思えまへんなあ」

年齢は、白蛾よりも一つ下の二十五歳だと聞いている。

「噂を怖れて、明王札の言いなりになるやなんて、わてには納得できしまへん」

長一郎は、白蛾の前に座ると、きっぱりと言った。

「この淡路屋には、瑕疵なんぞ一つもあらしまへん。人の口なんぞ、どうせ言いたい放題や。噂なんぞすぐに消えます。白蛾先生、どうかこのまま下手人捜しを続けて下さい。お礼は、わてが幾らでも出しますよって……」

「お金のことやあらしまへん」

お勢は口調を強めて、息子に言った。

「うちが案じてんのは……」

「わての祝言のことどっしゃろ」

長一郎は母親に視線を向けた。

「これで壊れるもんやったら、それまでの縁や。わてはなんも怖い事はおまへん。もし、この件で店が傾くようやったら、わてが一生かけてでも立て直しますよって」

長一郎の熱意は、白蛾にもじわじわと伝わって来る。

「淡路屋さんのことがなくても、明王札を追うつもりです。ですから、このまま手を引いていただいても構わないのです」

だが、長一郎は強くかぶりを振った。

「これが、手掛かりを掴むきっかけになるやも知れまへん。淡路屋も力を貸しますよって、先生の思うように事を進めておくれやす」

力強い息子の言葉は、母親の心配を撥《は》ね退けたようだ。

「ついうちが気弱になってしもうて……。息子に叱られて、目が覚めましたわ」

お勢の顔に笑みが戻っている。

「随分、頼もしい御子息をお持ちですね」

この主人がいる限り、淡路屋は安泰だろう。

「せやけど、なんで、あんたがこの件を知ってはんのや？」

お勢は長一郎に尋ねた。明王札が投げ込まれたことは、秘密だった筈なのだ。

「ここのところ、お美代の様子がなんやおかしゅうおしてな。問いただしたら、すぐに白状しました。お島の方は、さすがに口が堅《かと》うおましたんやけど」

長一郎はそう言って、初めて表情を和らげた。

白蛾が淡路屋を去る時、長一郎は表まで見送りに出て来た。

「先生、ご挨拶が遅うなりましたんやけど、改めて、弟のこと、よろしゅう頼んます」

白蛾の前に深々と頭を下げる長一郎を見ながら、白蛾は竹四郎が羨ましくなった。

白蛾には家族がいない。生みの母は父親の妾《めかけ》であった。実子がいなかった祐勝は、白蛾を引き取って正妻に育てさせた。養母は優しく接してくれたが、白蛾が二十歳の時に父が亡くなると、後を追うように、間もなくこの世を去った。そのせいか、白蛾は江戸を離れることに、わずかの未練もなかった。

実母については、何も分からない。生きているのか、死んでいるのかさえも……。

なんとなく、淡路屋の兄弟が羨ましく思えた。

白蛾が帰宅したのは昼頃だった。梅岩と二人、茶づけで昼餉を済ませた頃、竹四郎が戻って来た。

「どうであった?」

さっそく尋ねた白蛾に、「ちょっと待っておくれやす」と言いながら、竹四郎は茶碗にご飯をてんこ盛りにする。よほど腹が減ったのだろう。

白蛾は自室で彼を待つことにした。

間もなく、食事を終えた竹四郎が、二階に上がって来た。たらふく食べたのか、腹の辺りを撫でさすっている。

「朔治はんに会《お》うてきました」

竹四郎は座るなりそう言って、明王札を白蛾の前に置いた。

「塩でも撒かれなかったか?」

「明王札を口にした途端、顔つきがえらい険しゅうなりましたけどな。先生の名前を出したら、しぶしぶ家に上げてくれました」

「菊という妹がいたはずだが……」

「いえ、わてが行った時は、朔治はん一人どしたえ」

おそらく菊がいたなら門前払いだったろう。妹がいなかったことで、竹四郎の話を聞く気になったようだ。

「それで、朔治には札の絵を描いた者が分かったのか?」

すると、竹四郎は眉根を寄せてこう言った。

「『知らへん』て言わはりましたけどな。一目見るなり目を剥《む》いて、大きく息を呑んではりました。きっと、何か心当たりがあるんどすわ」

「その辺りのこと、もっと詳しく分かれば良いのだが」

「なかなか頑固そうなお人どした。何か弱みでもない限り、口を割らせるのは難しゅうおすな」

竹四郎は、まるで朔治が明王札の張本人のような言い方をした。淡路屋が巻き込まれているのだ。焦る気持ちも分からぬでもないが、と白蛾が思った時だ。階下から梅岩の声がした。

「白蛾はん、あんさんに客や」

一瞬、璃羽が尋ねて来たのかと思った。約束の期日は明後日だ。不審に思っていると、再び梅岩の声が聞こえた。

「破魔屋の朔治やて、言うてはる」

白蛾よりも竹四郎の方がもっと驚いたようだ。竹四郎は、まるで蛙《かえる》が鳴くような声で、しゃっくりをした。

「先生、上がらせて貰います」

今度は朔治の声が言って、軽妙な足音が響いて来た。

障子を開けたのを見ると、紛れもなく絵馬師の朔治だ。

朔治はちらと竹四郎に視線を走らせてから、白蛾に軽く頭を下げた。白蛾は彼に座るように言った。

どっかと腰を下ろした朔治の横で、竹四郎が何やらそわそわしている。どうやら、後を付けられていたことに、全く気づいていなかったらしい。

「先ほどは愛想のないこって、すんまへんどした」

しばらくの沈黙の後、朔治は隣に座っている竹四郎に頭を下げた。

「妹が帰って来る時分どしたんで、詳しい話はできひんかったんどす」

朔治は、あくまでこの件から菊を外しておきたいようだ。

今となっては、朱姫の言っていた「藤弥の予兆」が気にかかる。藤弥は菊のために、天眼力を失うと知りながら、朱姫に己の望む卦を立てさせたのだ。

(菊をこの件に関わらせてはならない)

白蛾もまた、朔治と同じ思いだった。

「新井白蛾先生の使いやて聞いて、正直、もう関わりとうない、て思いましたんやけど、明王札の実物を見てしもうた限りは、そうも言うとれんようになりまして」

「描いた者に、心当たりがあるのだな」

白蛾が念を押すと、「へえ」と朔治は頷いた。

「破魔屋の先代、つまり、わての父親、源治郎《げんじろう》の手に間違いあらしまへん」

　そう言ってから、朔治は強くかぶりを振った。

「今日、そちらの使いのお人から札を見せられた時、明らかに、これは父の描いた絵馬に似てる、て思いました。せやけど、板が新しゅうおます。もしかしたら、何者かが、父の手を真似て描いたもんやないか、て、そない思うて……」

　気になった朔治は、竹四郎の後を追って来たのだと言う。

「最初、菊は兄の藤弥が何者かに殺され、その直後に火災が起きた、としか言わへんかったんどす。せやさかい、押し込みに襲われたんやろう、てことになりました。以来、菊は二度とその時の事を口にしてまへん。昨日、先生が破魔屋へ来て、明王札の話をしはった時、急に菊の様子がおかしゅうなった。今日、見せられた札の絵は、明らかに親父の手に似てた。あの時の火事に、親父の描いた絵馬が関わってんやないか。藤弥さんが殺された時、菊はその札を見たんやないか……。そない思うたら、なんや他人事《ひとごと》とは言うとれんようになって」

　そこまで一息に語ってから、朔治はいきなり白蛾の前に両手をついた。

「先生、昨日の無礼は謝ります。この通りどす。せやさかい、どうかこの事件、わても手伝わせて下さい」

「それは」と言いかけて、白蛾は考え込んだ。彼は元々、明王札がそれほど危険なものとは考えてはいなかった。

ところが、明王札は、何やら危険に満ちた匂いを漂わせ始めた。どうやら、ただの悪戯でも、金目当ての脅しでもないようだ。

しかも、明王札は水守神社にも存在していた。藤弥を殺した賊の目的が、秘易であることも、見過ごせなかった。

白蛾は朔治の顔をじっと見つめた。父親の描いた絵馬が、七年前と今を繋いでいる。不安ばかりか、怖れを感じている様子さえ、その真剣な眼差しには表れていた。

「先生、人手は多い方がええんと違いますか」

白蛾があまりにも黙り込んでいたせいか、ついに竹四郎が口を開いた。白蛾の気持ちとしては、竹四郎をこれ以上関わらせたくはなかった。どう説得するか思いあぐねていたところに、今度は朔治までが手伝いたい、と言って来た。

二人をいかにして、引き下がらせるか、そう考えていた時、ふいに朱姫の卦が頭に浮かんだ。

――天雷无妄。成り行きに身を委ね、流れのままに行け……――

(しばらく、このまま行ってみるしかあるまい)

本当に危ういとなれば、町方に頼るのも一つの方法なのだ。

「ならば、頼みがある」と、白蛾は改めて朔治に目をやった。

「今夜、北野松原の明王堂に出向くつもりだ。明王札と、金子《きんす》を置きに行く」

白蛾は淡路屋から預かっていた包みを見せた。

「お前には、後からついて来て貰いたい。私を見張っている者がいるやも知れぬ。悟られぬよう、慎重にな」

「それやったら、わてが行きます」

竹四郎が、不満を露わにして身を乗り出した。

「淡路屋のことどす。わてが行く方が……」

「お前には別に頼みたいことがある。とても大切なことだ」

白蛾は真剣な口ぶりで竹四郎に言った。竹四郎の顔に緊張が走った。ごくりと息を呑んでから、「何どす？」と問うて来る。

「旅に出て貰いたい」

途端に、竹四郎は呆気に取られたように目を瞠《みは》った。

「先生、こないな時に……」

めったにないことだが、さすがに怒っているようだ。白い顔がたちまち赤くなる。

「行き先は、堺だ。春雲堂の宗兵衛の身元を探って欲しい」

一瞬、間を置いて、竹四郎はほっと息を吐いた。

「それやったらそうと、早う言うて下さい。朔治はんが来たさかい、わては用無しになったんかと思いました」

その言葉に白蛾は笑った。

（当たらずとも、遠からずだな）

竹四郎を、危険から遠ざけておくための算段ではあったが、重要であることも確かだ。

明王堂へ行くのは、深夜ということなので、子《ね》の刻（午後十一時から午前一時）にした。亥《い》の刻（午後九時から十一時）に破魔屋の前で白蛾と待ち合わせることにして、朔治は帰って行った。

まだ日は高かった。夜までは充分に時間がある。白蛾はあることを思い立ち、車屋町の梅岩の家を後にしていた。

三条橋を渡り、三条通をさらに東へ向かい、白蛾は粟田口へとやって来た。この道は大津街道へと繋がっている。行き交う旅人で賑わう場所であった。

三年前、初めて立ち寄ったあの老爺の茶店は、今も健在であった。相変わらず繁盛しているようだ。若い女が客の接待をしている。老爺は、と見れば、表の床几に座り、店の賑わいを眺めていた。

白蛾は老爺に近づくと、声をかけた。

「私を覚えておられますか？」

老爺はたちまち相好を崩す。

「店はもうよろしいのですか？」

白蛾は、客を手際よくあしらっている女に目をやった。

「今は、あの若夫婦が切り盛りしてます」

老爺は目を細めるようにして言った。

「お身内の方ですか？」

以前、火災に遭った村で、娘と孫を亡くしたのだと聞いている。他にも子供がいたのだろうか。

「身内というても、遠い親戚どすけどな。夫婦二人で、立派にやってはります」

その時、子供が一人、草原の陰からひょいと顔を出した。子供は老爺の方へと駆けよって来る。

子供が、火事で亡くなった老爺の孫なのを白蛾は知っていた。やはり、老爺には見えないのだろう。そう思っていると、子供はすんなりと祖父の膝の上に乗ったのだ。

「おお、よしよし」と老爺は孫の頭を撫でている。

白蛾はハッと胸を突かれた。

「娘は今、わしの連れ合いを迎えに行ってますのや」

老爺は白蛾に穏やかな笑顔を向けた。

「これで、わしら夫婦は娘親子と一緒にいられます」

「そうでしたか」と白蛾は頷いた。火災で娘と孫を失った悲しみに苦しむことは、もうなくなったのだ。

「ところで、娘さんの御亭主はどうされたのですか?」

娘の夫が、妻子の側にいないのは、まだ生きている証《あか》しだ。

「娘の亭主は、惣吉《そうきち》ていうて、下津井村の庄屋に奉公してました。火事のあった日は、たまたま使いで村を出てましたんや。それで、災難に遭わずに済みました。今は京を離れてしもうてます。妻子を亡くしたんが、よほど辛うおしたんやろ」

「その方は、どこにいらっしゃるのですか?」

すると、老爺はゆっくりとかぶりを振った。

「わてにも分からしまへん。京を出て行く日に挨拶に来て、それきりどす。その時、十六歳ぐらいの娘さんが一緒やったんどす。なんでも、亡うなった庄屋さんの一人娘やそうで。子供の頃から世話になった主人の娘さんやさかい、せめて暮らしの目途が立つまでは面倒をみたい、て、そない言うてました」

「あ、お母はんやっ」

大人しく老爺の膝の上にいた子供が、突然声を上げた。見ると、夏草の間に、老婆と娘が並んで立っている。

「ほな、わてはそろそろ……」

と、老爺は腰を上げた。

「最後に一つだけ教えて下さい」

白蛾は老爺を引き留《とど》める。

「その庄屋の娘の名前を、覚えていますか？」

「さあて、名前までは……」

ふいに強い風が吹き、周囲の草がさわさわと靡《なび》いた。一瞬、目を閉じた白蛾が、再び辺りを見回した時には、すでに老夫婦も母子の姿もなくなっていた。

しばらくの間、白蛾は茫然とその場に立っていた。やがて良かったという安堵の思いで、胸が熱くなった。これで、あの夫婦は娘や孫と共にいられる。

「お客はん」

声をかけられ、我に返った。

気がつけば、傍らに茶店の女が立っている。

「お待たせしてすんまへん。中のお席が空きましたさかい、どうぞ入っておくれやす」

外に突っ立っていた白蛾を見て、席待ちをしていると思ったようだ。

「実は、こちらの店の、前の御主人と知り合いだったものですから……」

「ああ、大伯父はんどすな」

女は納得したように頷いた。

「料理人をしていたうちの人が、小料理屋を出したいて言うたら、ここの茶店を譲ってくれはったんどすわ。あの頃は、団子や餅を出してましたんやけど、今は料理と酒も扱うてます。一本、つけまひょか？」

女は熱心に勧めて来る。

「酒よりも、蕎麦《そば》があれば貰いたいのだが」

「この店は、蕎麦も評判どすえ」と、女は愛想良く笑った。

其の二

約束の亥の刻、二条通から西洞院通を上がって行くと、破魔屋の前に人影が見えた。手に提灯《ちようちん》を持っている。近づくと、提灯がすっと白蛾の方へ向けられた。

「菊さんは？」

「寝てます。妹には何も言うてしまへん」

雲が多く、上弦の月を何度も隠しながら流れて行った。白蛾は朔治の提灯を頼りに、ひたすら北へと向かって歩いた。冷泉通《れいぜいどおり》、大炊《おおい》通、丸太町《まるたまち》通、中御門《なかみかど》通を越え、その先の下立売《しもだちうり》通から西へ折れて、堀川を渡り、さらに北へ上がって北野松原へ向かうつもりだった。

白蛾は千本通の辺りで、朔治と別れようと考えていた。どこかで自分の行動を見張る者がいるかも知れない。朔治には、それを見届けて貰いたかったのだ。

「尋ねたいことがあるのだが……」

しばらくして白蛾は朔治に問いかけた。

「なんどすか」

朔治は即座に応じる。長い道のりだ。男二人、無言で、ただ歩き続けるのは、少々苦痛だったのだろう。

「水守神社の放火で、巻き添えになった村だが……」

「下津井村どすな」

「その下津井村の庄屋のことを、何か知っているか？」

「そうどすなあ」

朔治はわずかに首を傾げた。

「わては親父に連れられて、水守神社へはよう行ってましたさかい、藤弥さんのことは知ってます。そう言えば、わてと同じ年くらいの娘さんが、たまに訪ねて来てはりました。親父に聞いたら、藤弥さんの許嫁やて……」

そう言うと、朔治はいきなり「せや」と、呟いて足を止めた。

「下津井村の庄屋の娘やて、後から親父から聞かされた覚えがありますわ。いずれは安産祈願の絵馬を描かせて貰わなあかん、て、嬉《うれ》しそうに言うてたことがおます」

「その娘さんの名前を覚えているか？」

「『おりゅう』さんやったか、『おりう』さんやったか、なんやそないな名前どしたわ」

下津井村の庄屋の娘、おりう……。

（間違いない。璃羽さんだ）

菊の記憶の中にいた若い娘が、璃羽の顔と重なった。天見藤弥の許嫁であった娘が成長し、春雲堂の娘と名乗って白蛾に近づいた。依頼の内容は、春雲堂の主人、宗兵衛の過去だ。

璃羽が、藤弥の仇を今も捜しているのだとすれば、宗兵衛に何か関わりがあるに違いない。

朔治の話では、今回の明王札は、彼の父親の手をそっくり真似て描かれた物だという。水守神社が燃えるさなか、璃羽は菊の手から明王札を預かった。新しい明王札は、璃羽か、あるいは璃羽の周辺にいる者が描いたとも考えられる。

璃羽が自ら明王札を撒いたのだとしたら、その理由は……。

（藤弥を殺し、神社に火を放った張本人を、あぶり出すためではないか）

「先生、そろそろ千本どす」

朔治の声に、白蛾は我に返った。左手には、町屋の向こうに所司代屋敷の大屋根が見えた。天空には九日の月が白く浮かんでいる。

「千本通から二筋行くと、北へ向かって寺が並んでいる通りがあります。その通りを上がった先の、寺の外れに建ってる御堂が、明王堂どすねん」

朔治はさっと周囲に視線を走らせる。

「後は付けられてしまへん」

「仲間がいるかどうかは分からぬが、我らが明王堂へ行くか、確かめてから動くだろう」

「せやったら、そろそろここで」

朔治は白蛾に提灯を渡す。

「わては、後から行きます。その提灯が目印どす」

朔治は足を止めると、「どうぞ、お先へ」と言うように、腰をわずかに屈《かが》めて白蛾を促した。

白蛾は一人で千本通を越え、さらに西へと向かった。背後にいる筈の朔治の気配も、間もなく感じなくなった。白蛾と、充分に距離を取ってからついて来るつもりなのだろう。

やがて、通りの右側から町屋の並びが消えた。左側は相変わらず町屋が軒を連ねているが、深夜ともなると、さすがに皆、寝静まっている。己の足音だけがやたらと大きく聞こえた。

二筋目の通りに入ると、北へ向かって寺が幾つも並んでいた。その間を抜けると、突然、ぽっかりと視野が開けた。「北野松原」と呼ばれる一帯だ。

広々とした野原だった。「松原」といっても、本当に松ばかりが植わっている訳ではなさそうだ。

千本通は、京に都が置かれたばかりの頃、南は羅城門《らじようもん》、北は禁裏の朱雀《すざく》門を繋ぐ朱雀大路であった。おそらく、ここ「北野松原」が、鬼が人を喰《く》らったという謂れのある「宴《えん》の松原」の辺りなのだろう。

そんなことを考えながら歩いていると、やがて、それらしき建物が見えて来た。

明王堂は、野原の中にぽつんと建っていた。明王堂へ続く小道は雑草が生えていたが、お参りに通う人もいるのか、踏みしめられていて歩き易かった。周囲を見渡すと、松や欅の古木が幾本もあった。

白蛾はこぢんまりとした境内に入ると、三段ほどの階段を上り、御堂の扉を開けた。

その瞬間、心の臓が一瞬跳ね上がった。提灯の明かりが、真正面にあった不動尊の顔を照らし出したからだ。それは、まさに鬼そのものに見えた。

白蛾は、淡路屋から預かって来た銀六十匁の入った小袋と、明王札を不動尊の前にあった台に置いた。台の左右に、蠟燭立《ろうそく》てが一本ずつ置かれている。どちらも太い蠟燭が差してあり、祈る時には火を灯すのか、芯の先が燃えた痕があった。

（ここで一晩、寝ずの番をするか）

不動尊の背後に回れば、身を隠せる隙間ぐらいはありそうだ。

（それとも、表の木立の影にでも潜んでみるか）

春雲堂の使いの者も、おそらく同じことを考えたのではないか？

（結局は、見張っていたことを知られた訳だな）

ゆえに、誰も現れなかった。

（では、どうするか）

白蛾が考えていた時、突然、表が騒がしくなり、「何もんや。待てっ」という鋭い声が上がった。朔治の声だ。

白蛾が急いで外に出ると、境内で人影が蠢《うごめ》いているのが見えた。白蛾は、咄嗟に提灯を人影の方に向ける。

取り押さえているのは朔治であった。一方、捕らえられていたのは……？

「子供ではないか」

白蛾は驚きの声を漏らした。

十歳くらいの男児が、朔治の身体の下で唸《うな》っている。

「朔治、離してやれ」

「せやけど、この餓鬼……」

捕まえるのに相当手こずったのか、朔治はすぐに離す気にはならないようだ。

それでもなんとか朔治の腕から抜け出た子供が、朔治の向こう脛を蹴り上げる。

「痛っ」と叫んで朔治が倒れた。子供はその隙に逃げ出した。白蛾は急いでその後を追うと、手を延ばして子供の衿首《えりくび》を摑んだ。

「離せ、離すんや」

子供はバタバタと暴れる。

「何も取って食おうと言うのではない」

そこへ、怒りを露わにした朔治がやって来た。

「ようもやってくれたな」

そう言って、ぽかっと子供の頭に拳骨を入れる。

観念したのか、子供はやっと大人しくなった。

「私は話を聞きたいだけだ。話が済めば、すぐに帰してやる」

白蛾が優しく語りかける横で、朔治は声を荒らげた。

「先生、子供とはいえ、騙《だま》されたらあきまへん。こないな時刻に、人気《ひとけ》のない場所に子供がいてるんがおかしいんや。明王札をばら撒いてる仲間かも知れまへん。いっそ、番所へ突き出して……」

「朔治、落ち着け」

白蛾は朔治を叱った。

「相手は子供だ。あんな大それたことに、加わる筈はなかろう」

大人二人を相手に精一杯気を張っていたのか、突然、子供はわっと泣き出した。

「坊《ぼん》、分かったさかい、泣くんやない」

慌てて朔治が宥め始めた。

「何もお前を責めてんやない。このお人が言うたように、ただ話が聞きたいだけなんや。答えてくれるんやったら、駄賃をやるさかい……」

すると、子供は鼻を啜りながらこくんと頷いた。

「まず、お前の名前を教えてくれぬか」

子供が落ち着いたのを見計らって、白蛾が尋ねた。

「与吉《よきち》や」

と、子供は素直に答えた。

「何ゆえ、ここにいる？」

さらに尋ねると、「明王様の絵馬と、金を取りに来た」と言う。

「それをどうするのだ？」

「庵主《あんじゆ》様に渡すんや」

「庵主とは、誰のことだ？」

北野松原の西の外れに、妙泉寺《みようせんじ》という寺があり、そこでは親の無い子供を集めて育てていた。金は子供たちの育成に使うための物で、札には寄進した者の名が書かれている……。そう与吉は語った。

「お前も、妙泉寺の子供なのか」

白蛾が問うと、与吉は「そうだ」と言うように頷いた。

「お父はんもお母はんも、わてが小さい時に流行り病で亡うなった。村のもんが、わてを妙泉寺へ連れて行ってくれたんや」

寺の庵主は、祥明《しようみよう》という尼だ、と与吉は言った。

「そのような立派な行いをする人が、賊の真似事をするものだろうか」

白蛾は首を傾げる。

与吉の言葉を信じるならば、祥明尼は孤児の世話をしている立派な人物だ。火事や洪水、流行り病や飢饉《ききん》などで、親と死別する子供は多い。引き取り手のない子供は、大抵、悲惨な運命を辿ることになる。

そんな子供たちを救おうとしているのならば、その行為は非常に尊いものだ。しかし、与吉ははっきりと、この明王堂に札と金を取りに来たと言ったのだ。人の弱みに付け込んで、脅して金を取るのは、どう見ても賊のやり口だ。

「明王札を撒いたのも、祥明尼なのか」

どう考えても、尼一人でできることではない。

「そんなん知らん。わては、ただお布施と札を取りに来ただけや」

「祥明尼は、このような深夜に、子供のお前を使いに出すのか？」

「子供と違う」

与吉は怒ったように言った。

「わてが一番年上なんや。祥明尼様は年を取ってはる。これは、わてにしかやれん仕事なんや」

子供ならば、見つかり難《にく》い。後は、人の姿が無くなったのを確かめて、札と金を取ればいいだけだ。

与吉はいつも通り、木の後ろに隠れ、白蛾の様子を窺っていた。後から朔治が現れるとは思ってもいなかったのだ。

「わてらを育てるために、お布施のお金を使うてるんやて」

「明王堂に置かれた金は、お布施なのか？」

白蛾の問いに、与吉は大きく頷いた。

「奇特な人が、わてら孤児のために寄進してくれてんのや」

「ならば、札は何に使うのだ？」

「お札には、お布施をした店の名前が書いてあるさかい、お店の商売が繁盛するよう、仏様に御祈りするんや、て、祥明尼様は言うてはった」

与吉に悪びれた様子はない。尼僧がやっているのは、他人から金を巻き上げる行為だ。しかし、別の見方をすれば、それで孤児が育てられるならば、悪い事でもないような気がする。実際、銀六十匁という金は、大店にとっては端金《はしたがね》だ。

「なんや、よう分かったような、分からんような……」

朔治は困惑顔で首を捻る。白蛾は与吉に言った。

「金と札を取って来るがよい。お前たちの事情はよく分かった。私たちはもう帰るとしよう。お前は一人で帰れるのだな」

与吉は嬉しそうに頷くと、御堂の中へ駆け込んで行く。

「先生、見逃すんどすか？　情けをかけとうなる気持ちは、よう分かります。せやけど、やっぱり罪は罪どす」

「与吉に罪はあるまい。問いただすべきは、祥明尼だ」

白蛾は朔治の袖を引っ張るようにしてその場から離れると、太い松の幹の後ろに身を隠した。

しばらくすると、与吉が明王堂から出て来た。きょろきょろと辺りを見回している。

半月ではあったが、周囲はほんのりと明るい。

二人の姿がないのを確かめてから、与吉は軽い足取りで歩き出した。

「与吉に、妙泉寺まで案内してもらおう」

与吉は、子狐のように弾んだ足取りで草原を行く。白蛾と朔治は、その後を追った。

西へしばらく行くと、寺が見えて来た。さらにその向こうに町屋の並びが、ほのかな月明かりの下で、黒い影となって横たわっている。

「あれは、北野馬場通どすな」

朔治が、南北に走る道を指先で示した。

突然、与吉が寺へ向かって走り始めた。東側にあるのが寺の裏門のようだ。その前に、小柄な人影が見える。

子供か、と思っていたら、与吉が「祥明尼様」と呼んでいるのが聞こえた。

「お疲れさんどしたなあ」

尼僧は与吉の頭を撫でている。

「あんまり帰りが遅いさかい、案じてましたえ」

尼僧は与吉の肩を抱くようにして、裏門から境内へと入って行った。

「先生、どないします？　あの尼さんやったら、明王札について、何か知ってはるんと違いますか」

朔治が袖の露を払いながら言った。丈高い夏草の葉陰にいたので、白蛾の着物の袖もしっとりと湿っている。

「戻ろう」と白蛾は言った。

朔治は驚いたように白蛾を見た。

「祥明尼の思いついたことではあるまい」

「せやったら、事情を聞くだけでも……」

「もし、事情を知っていたとしたら、あの尼僧は脅しの罪を犯したことになる。春雲堂への付け火も疑われるかも知れない。そうなったら、与吉等はどうなる？」

白蛾の言葉に、朔治は「ぐっ」と唸って、黙り込んでしまう。

「祥明尼は、本当に何も知らないのかも知れぬ。『明王堂にお布施が置いてある。心ある人が、名を伏せて寄進する金だから、ありがたく受け取るように』と、そのように言うた者がいるのだとしたら……」

「せやさかい、それが誰かを知るためにも……」

「聞くべき相手なら、他にいる」

白蛾はきっぱりと言った。

「一つ分かったことは、明王札は、金欲しさの脅しが目的で撒かれた物ではない、ということだ」

「聞くべき相手て、誰どす？」

朔治は首を傾げる。

「いずれ私の前に現れるだろう。それを待つことにする」

白蛾は、元来た道を戻り始めた。慌てて朔治が追って来る。やがて、月が雲間に隠れ、周囲を闇が包み込んだ。

「先生、明王堂へ寄って提灯を取って来ますさかい、ここで待っていておくれやす」

朔治はそう言うと、前方に黒く蹲《うずくま》る塊に向かって駆け出した。明王堂があるのは、確かあの辺りだ。

ふと見ると、踏みしめられた草の間に大きな石がある。白蛾はその石に腰を下ろした。

――金欲しさの脅しではない――

白蛾は朔治に言った己の言葉を、胸の内で繰り返した。

(銀六十匁という金額しか要求していない。しかも、その金は妙泉寺に入るようになっている。妙泉寺には、孤児を育てるための寄進の手法だと言えば、祥明尼も自分が悪事に加担しているとは気づかない)

明王札を撒かれた店は、大抵、素直に金と札を明王堂へ持って行った。結局、札を置かれた店がどこなのかは、分からないままだ。淡路屋のお勢は調べてみる、とは言っていたが、秘密裏に事を終えたい家が、明王札の件を外へ漏らす筈はない。

(ただ一つ、春雲堂を除いては……)

春雲堂だけが、別の行動を取った。

理由は、春雲堂の宗兵衛自身が、明王札に関わりがあったからではないだろうか。

宗兵衛は、朔治の父親に明王札を描かせ、なんらかの目的に使用した。それと同じ札が、今になって出回っている。当然、何者が札を撒いているのか知りたくなる筈だ。

その時、サクサクと草を踏む足音がした。気がつくと、目の前に提灯の明かりが浮かんでいる。

朔治が戻って来たのか、と、白蛾は立ち上がった。

だが、提灯を手にしていたのは、全く見覚えのない男であった。

手元の提灯の明かりが、男の顔を下から照らし出している。

「白蛾先生、すんまへんが、一緒に来て貰えますやろか」

低い声で男は言った。

「あなたは何者です？」

白蛾は尋ねた。しかし、返事はなく、代わりに背後でカサリと微《かす》かな足音がした。振り返ると、一人の女が立っている。璃羽であった。

其の三

提灯を持った男が前を行き、白蛾からやや遅れるようにして璃羽が歩いた。彼等は先ほどの妙泉寺を右手に見ながら、やがて朔治の教えてくれた北野馬場通までやって来た。町屋の並びをそのまま抜けて、さらに西へ行くと、南北に流れる川があった。その手前に、周囲を田畑に囲まれた、藁屋根の農家が建っていた。

古びた家だが、決して粗末な造りではない。小振りながらしっかりとした門もあり、周りを竹の塀が囲んでいる。

白蛾は、家の奥座敷へ案内された。まだ夜明けまでには時間がある。男が行灯《あんどん》に火を灯した。

その明かりが、ぼんやりと男の容貌を浮き上がらせる。年齢は三十代の半ば。眉の濃いはっきりとした顔立ちの男であった。

「わては外にいてますさかい……」

男は璃羽にそう言って、座敷を出て行った。

「もしかして、あの方の名前は、『惣吉』ではありませんか？」

尋ねると、璃羽はさすがに驚いたように目を瞠った。

「八卦見の先生は、初めて見たもんの素性も分かるんどすか？」

まさか、幽霊から聞いたとは言えない。

「そんなところです」

白蛾は言葉を濁すと、勧められた茶を口に運んだ。

「せやったら、うちのことは？」

女はその目に好奇心の色を見せて尋ねて来る。

「粟田口の下津井村の庄屋の娘では？」

すると、璃羽はほうっと感心したようにため息をついた。

「やはり、秘易を持ってはるお人は違いますなあ」

今度は白蛾が驚く番であった。

「あなたは、秘易のことをご存じなのですか？」

返事の代わりに、璃羽はじっと視線を白蛾の胸元にやった。そこには秘易の入った小袋がある。

「藤弥さんから聞いたことがおます。天見家は、代々秘易を守り続けて来た家や、て」

「目にしたことは？」

問うと、璃羽は小さくかぶりを振った。

「あらしまへん。藤弥さんは、力のあるもんにしか扱えへん易具や、て言うてはりました。確か、天眼の力やとか」

　それから、璃羽はまっすぐに白蛾を見た。

「藤弥さんは、璃羽は秘易を譲れるもんを探してはりました。これ以上、水守神社には置いておけへん言うて……」

「それは、どういうことですか？」

　白蛾は怪訝な思いで尋ねていた。

「不動の明主《みようしゆ》が動き出した、とか」

「不動の明主、とは……」

「吉備《きび》流八卦に二つの流派があるそうどす。『天《てん》』の天見家。『地《ち》』の海津地家。秘易はこの二つの家の間で守られて来たんやそうどす」

「みづち……」

　白蛾はぽつりと呟いた。

（海津地玄鳳……）

「では、私の持っている秘易は、本来、海津地家に渡る筈だったのですね」

「へえ」と璃羽は頷いた。

　ところが、その海津地家で内紛が起きた。海津地家が二派に分かれ、新たに、「人《じん》」の不動家が生まれたのだ、と璃羽は言った。

「『明主』ていうのんは、不動家の当主のことやそうどすが、詳しいことは天見家には一切知らされてしまへん。せやさかい、藤弥さんも、海津地家を信じてええのんか、えろう悩んではりました」

璃羽はゆっくりとかぶりを振る。

「藤弥さんとの縁組が決まった時、天見家のもんとして知っといて欲しい、て……」

「もしや、その不動家が明王札を……」

言いかけた時、璃羽はどこか縋るような眼差しを白蛾に向けた。

「七年前、水守神社に、不動明王の絵馬が掛けられました」

それを見た途端、藤弥の顔色が変わったという。

「その後、うちは水守神社を訪ね、藤弥さんと賊が争っているのを見ました。藤弥さんは菊ちゃんを逃がそうとしてはりました。うちは咄嗟に、菊ちゃんを連れて逃げ出しました。賊が火を放ったのか、どこかの蠟燭が倒れたのかは分からしまへん。鳥居の辺りまで来た時には、すでに社には火が回りかけていました。冬の、風の強い日やった。煽られた火の粉が、たちまち村の方へ飛んで行って……」

思い出すのも辛いのか、璃羽はわずかにその顔を歪めた。

「今回の明王札の一件、あなたは関わっているのですか」

璃羽が落ち着くのを待ってから、改めて白蛾は尋ねた。

「銀六十匁は、妙泉寺の喜捨として扱われている。あなたが自らの懐にいれるつもりの金ではない。あなたは明王札を撒くことで、七年前の賊を探し出そうとしていた」

白蛾の言葉に、璃羽は無言で頷いた。白蛾はさらに話を続ける。

「そうして、あなたは春雲堂が怪しいと睨んだ」

「水守神社に掛けられた明王札に似た絵馬が、火札として使われれば、きっと何か事を起こすと思うたんどす」

春雲堂は自ら動いた。自分が使ったのと同じ絵馬を撒いた者の正体を暴こうとした。

「妙泉寺の子供たちが、明王堂に近づくもんを見張っていてくれました。子供やったら、どこで遊んでいても、そない不思議に思われしまへん。木陰に身を潜めていたかて、なかなか見つかるもんやないさかい……」

「相手は賊かも知れないのですよ。子供の身が危ういとは、考えなかったのですか？」

白蛾は咎めるように言った。まだ春雲堂が賊とは限らない。ただ、火札の脅しに屈するのが、性に合わなかっただけなのかも知れない。しかし、万が一を考えるならば、やはり子供を使うべきではないように思えた。

「惣吉さんが、目を配ってくれていました」

璃羽は視線を惣吉のいる厨へ向けた。その表情にも、璃羽がいかに惣吉を心頼みにしているかが窺える。

「春雲堂の宗兵衛が、不動の明主だと考えておられるのですか？」

白蛾は再び問いかけた。

「まだ分からしまへん。本人なのか、ただ使われているだけなのか、それとも、全く関わりがないのか……。せやけど」

と言って、璃羽は白蛾に強い眼差しを向けたのだ。

「うちも惣吉さんも、何かせずにはおられへんかったんどす」

璃羽は、あの火災で家族と許嫁を失った。惣吉もまた、妻子を亡くしていることを白蛾は知っている。

「賊が何者であれ、あの火事のきっかけを作ったんは間違いあらしまへん。火事の下手人を捜し出し、罰を受けさせたいて願うのは、当然の事と違いますやろか」

璃羽は毅然《きぜん》として言い切った。

「あなた方と、妙泉寺の関わりは？」

白蛾は、あの粟田口の茶店の老爺の言葉を思い出した。

妻子を火事で失った惣吉は、主家の娘を連れて京を離れるからと、別れを告げに義父母の許を訪れた。

惣吉は、娘が落ち着くまで面倒を見たいのだ、と言っていた。二人が京を離れていたのかどうかは分からない。だが、少なくとも今は、璃羽も惣吉も、白蛾の目の前にいる。

「惣吉さんは、元々孤児どした。物心ついた頃には、妙泉寺にいてはりました。祥明尼様に育てられ、十五歳になった頃、うちの家の奉公人になりました。うちが幼い時に亡うなった母が、妙泉寺に寄進していたこともあって、その縁で惣吉さんを雇わはったそうどす」

惣吉さんは、うちにとって兄のようなお人どす、と、璃羽はかすかに笑った。

「なぜ、私を訪ねて来たのですか」

璃羽の依頼がなければ、明王札に関わることはなかった、そう思いかけて、白蛾はすぐにそれを否定していた。

淡路屋のお勢からも、明王札絡みの相談を受けている。

「もしや、淡路屋に明王札を投げ込んだのは……」

白蛾が尋ねかけた時、璃羽は、すかさず「そうどす」と言った。

「水守神社が焼けてから七年も経つんどす。秘易は、すでに誰かが持ってはるんやないか、て、そない思いましてなあ」

璃羽は、藤弥が秘易を隠した場所を知っていた。あの白い花を付ける躑躅の根元だ。

——目印が無いと、どこに埋めたか分からんようになるんと違いますか？——

そう尋ねた璃羽に、藤弥は笑顔で答えた。

——目印ならば、秘易が自ら付けるやろ。求めるもんが来たら、ちゃんと、見つけられるように——

璃羽にはその言葉の意味が分からなかった。

「藤弥さんが亡くなり、神社も燃えてしまいました。うちは、毎年、あの焼け跡へ行ってみました」

真っ白な躑躅の花が、一面に咲く頃だった。思った通り、秘易を埋めた場所は分からなくなっていた。

「三年前、躑躅の根元に一か所、掘り返された跡がありました。秘易が、新しい主の許へ行ったんや、て、うちはそない思うたんどす」

——淡路屋の御寮さんが、よう当たるて評判の易者を知ってはる——

「それを聞いた時、もしや、淡路屋さんにも明王札を置けば、きっとその易者を訪ねるんやないか、て……」

「淡路屋の秘密を手に入れ、脅しをかけた訳ではないのですね」

「うちは、ただ明王札を何軒かの大店に置かせて貰うただけどす」

璃羽は悪意はないのだ、と言った。

「どのような理由で、店を選んだのですか？」

「大した理由はあらしまへん」

璃羽は困ったように首を傾げた。

「明王札を、置いてくれるもんがいてはっただけどす」

「それは、いったい……」

どういうことか、と問おうとして、白蛾はあることに思い至った。

「妙泉寺で育った子供たちが、奉公に入っているのでは？」

「へえ」と璃羽はにこりと笑った。

「元々、明王札の存在を広めるのが目的どす。ほんまの下手人の耳に入るか、あるいは目にするか……。札を投げ入れた家には、なんの恨みもあらしまへん」

「しかし町方が動くようなことがあれば……」

「誰しも、人に知られとうない秘密の一つや二つは持ってはります。銀六十匁で片がつくんどす。わざわざ奉行所へ届けて、騒動を起こすような阿呆《あほ》なことはせえしまへんやろ。せやけど……」

璃羽はそこで一呼吸つくと、白蛾の顔をまっすぐに見た。

「噂は広がります。不動明王の絵馬の噂を聞きつければ、あの時の下手人が、なんらかの形で動き出す、て、うちと惣吉さんはそない考えたんどす」

「春雲堂にも、妙泉寺の子がいたのですか」

「へえ」と璃羽は頷いた。

「その者に、火付けまでさせたのですか？」

　さすがに、それはやり過ぎの感がある。

「火付け、いうても、藁を少しばかり燃やしただけどす。すぐに消しましたさかい大事にはいたらしまへん。何よりも、あれだけの大店が、銀六十匁を出し惜しみしはった。そればかりか犯人を捕まえようと、明王堂まで見張ってたんどす。火付けをされても、奉行所へ届けることもせえしまへん。なんやおかしいて思いまへんか？」

「それで、あなたは、私に春雲堂の秘密を探らせようとしたのですね」

　璃羽は少し違うというように、首をわずかに傾げた。

「他とは違う行動をしたから言うて、証拠にはならしまへん。せやけど、秘易なら答えてくれるんやないか、て、そない思いました。それに、先生が、ほんまに秘易の持ち主かどうか、確かめたかったんどす」

　だが、白蛾は秘易を璃羽に見せなかった。元々、朱姫を人の目に晒《さら》す気は毛頭なかったからだ。

「今回の明王札は、誰が描いた物なのですか？　破魔屋の朔治さんは、父親が描いた絵馬に似ていたために、この件に関わりたい、と自ら私の所へ来たのです」

　そういえば、朔治はどうしたのだろうか、と白蛾は思った。提灯を手に戻って来ても、そこに白蛾はいないのだ。

「明王札は、うちが描きました」

思いも寄らない言葉が、璃羽の口から飛び出していた。

「毎日毎日、絵馬の不動明王を眺めて過ごしました」

やがて図柄は頭に入り、そっくりに似せた絵が描けるようになった。明王札は、璃羽にとっては許嫁であった男の形見でもあった。悲しみの涙と恨みの思いを、璃羽は絵馬を見る度に、新たにしていた。

手掛かりは、不動明王の絵馬だけだ。

「賊が、秘易を欲しがっていたことは、菊ちゃんが聞いていました。藤弥さんは『不動の明主』の言葉を残してはった。不動明王の絵馬が、それを表していることはすぐに分かります。あの火事のあった日に、菊ちゃんから受け取った絵馬を持って、うちは破魔屋を訪ねました」

璃羽が持ち込んだ絵馬を見て、朔治の父、源治郎は顔色を変えた。

――確かに、それはわてが描いたもんや――

「お不動さんは、立身出世や商売繁盛の御利益があります。商売人やらお武家様やら、絵馬にする人は多い。この人やて、決めつける訳にも行かへん、て、そない言われました」

「せやけど、ただ一人……」と、璃羽は声音を強めた。

「一枚の絵馬を、えらい法外な値段で注文したお人がいてたんやそうどす」

璃羽は懐から何かを取り出すと、白蛾の前に置いた。明王札だった。

「本物どす。よう見とおくれやす」

璃羽に言われて、白蛾は札を取り上げた。

一見、何の変哲もない不動明王の絵に見える。だが、じっと見ていると確かに違和感があった。

不動明王は、台座の上に胡坐《あぐら》をかくような恰好《かっこう》で座っている。右手には降魔の剣、左手には縄を持っている。怒りと慈悲を表すという眼は大きく見開かれていて、まっすぐに引き結んだ口元には、左右から牙が覗いていた。

白蛾は、視線を明王の背後に移した。不動明王の姿を縁取るように、炎が燃え盛っている。ふと、白蛾はあることに気がついた。

炎の中に、六つの小さな円が描かれている。

「これは……」

白蛾は思わず璃羽の顔を見た。

「炎は炎でも、日輪を表しているのでは……?」

璃羽は、「さすがどすなあ」と言って、小さく笑った。

「日輪は『陽』。六つの『陽』が重なる爻《こう》は、『乾為天《けんいてん》』の卦だ。この卦は『龍』を意味する」

白蛾の言葉に応じるように、璃羽が言った。

「水守神社が守り続けて来た秘易は、『秘龍』とも呼ばれます」

「この絵馬は、源治郎さんが頼まれて描いた、特別な物なのですね」

「『大日如来《だいにちにょらい》ならともかく、不動明王に日輪は珍しい』て、それで思い出さはったんどす」

「やはり、この絵馬を神社に置いたのは、藤弥さんを襲った賊だと考えておられるのですか？」

「それはなんとも言えしまへん」と、璃羽はかぶりを振った。

「うちは賊の顔を見てしまへん。ただ源治郎さんは、三十代半ばの、商売人風の男やったて言うてはりました」

京へ来たばかりだ、と男は言った。これから商売を始めようと思う。商売繁盛を願って、どこぞの神社か寺に、不動明王の絵馬を掛けたい。どうせなら、他にはない特別な絵馬を描いて貰いたい……。

男は源治郎にそう依頼した。師走の頃で多忙な時期だった。正月の初詣でに向けて、絵馬の注文も多かった。それでも引き受けたのは、やはり通常よりも高値で買うと言って来たからだ。

「水守神社に、不動明王の絵馬が掛けられたのは、年が明けた正月どした。その翌日、藤弥さんは賊に襲われました」

「明王札を掛けた者が、その商人だったとしても、その男が賊とは限らないのではありませんか？」

「先生の言わはる通りどす」

璃羽はほっと小さくため息をついた。

「せやけど、惣吉さんとうちは、その男を捜すより他に手立てはなかったんどす」

幸い、源治郎が記憶を辿って人相絵を描いてくれた。

「源治郎さんが、言葉が京のもんとは違うようやったて言うてたさかい、惣吉さんは江戸や西国まで行かはりました」

女の身で旅は難しい。惣吉は、璃羽を妙泉寺に預けた。京を離れられなかった璃羽は、町を飛び交う噂話に耳を傾けた。

「そんなある日のことどした。春雲堂の御寮さんが亡うなったんどす」

春雲堂は先代主人の頃、妙泉寺への寄進を欠かしたことはなかった。その主人が死去した後から喜捨は無くなったが、それでも春雲堂には義理がある、そう祥明尼は考えた。

「庵主様が出向く筈やったんどすけど、丁度その頃に腰を痛めはって……」

二年前のことだった。代わりに璃羽が葬儀に行き、そこで人相絵とそっくりの男を目にした。

「それが、宗兵衛やったんどす」

あの火事から五年が経っていた。

「他人の空似とは、思わなかったのですか？」

「思いました。もし違《ちご》うてたら大変なことになります」

すでに源治郎は他界していた。幾ら絵師の腕で描かれた人相絵とはいえ、間違いがないとは限らない。

「うちと惣吉さんは、策を考えました」

それが、今回の明王札の一件だと璃羽は言った。

「宗兵衛があの明王札を源治郎さんに描かせた男やったら、きっと何か動きを見せるんやないか、て……」

その時だ。急に表が騒がしくなった。

「外を見て来ます。あなたはここにいて下さい」

白蛾は急いで外へ出て行った。

辺りはすでに白み始めていた。その中で、数人の黒装束の者たちに囲まれて、薪《まき》一本を手にした惣吉が立っている。惣吉はハアハアと荒い息を吐いていた。

「惣吉さんっ」

白蛾の背後で、璃羽の叫ぶ声がした。どうしても表の騒ぎが気になったようだ。

「璃羽さんを連れて、逃げておくれやす」

惣吉が白蛾に向かって声を上げた。

惣吉は向かって来る賊に、薪を振り回しながら応戦している。賊は七、八人はいるだろうか……。

賊の手元が朝日を受けてキラリと光った。惣吉が手ごわいと見て、小刀を抜いたのだ。

助けたくても、白蛾は向かって来る賊の刃から、璃羽を庇《かば》うので精一杯だ。

「朱姫っ」

思わず白蛾は叫んだ。

ふいに懐がカッと熱くなった。まるで炎を抱いたようだ。

次の瞬間、炎が白蛾の身体から飛び出して行った。長く尾を引いて伸びた炎は、まるで龍のようにうねりながら、次々と賊に絡みつく。

「殺すな」

咄嗟に白蛾は朱姫に命じた。

炎は、賊の身体を次々に弾《はじ》き飛ばし、さらに旋風のように渦を巻いたかと思うと、再び白蛾の懐に戻った。

惣吉も璃羽も、茫然としている。彼等に朱姫の姿は見えてはいない。まるで突然、強風が起こったような光景であったろう。賊は分が悪いと見て、瞬く間に姿を消してしまった。

白蛾はひどい眩暈に襲われ、立っていられなくなった。

ユラリと身体が傾いた。意識がすうっと遠のいて行き、「先生っ」と呼んだ声が誰のものなのか、分からなくなっていた。

第三章 ䷅ 天《てん》水《すい》訟《しょう》

其の一

なかなか覚醒が来ない。まるで、この世とあの世との間を行ったり来たりしているような気分だ。身体は妙に軽く、それがひどく心地良い。

そんな中、誰かに呼びかけられているような気がして、白蛾は目を開いた。いや、開いた気になっていただけなのかも知れない。なぜなら、覗き込んでいる顔が朱姫のものであったからだ。

朱姫の顔は、どこか悲し気に見えた。朱姫が感情を見せることはほとんどない。白蛾の身体を案じているようだったが、案外、白蛾が朱姫の力に耐えられないことを、嘆いているのかも知れなかった。

「済まぬ。心配をかけたな」

白蛾はそう言って、そっと手を伸ばして朱姫の顔に触れた。掌《てのひら》を頬に当てると、ほのかに人の温もりを感じた。

朱姫はどうやら泣いているようだ。頰に当てた白蛾の掌がしっとりと濡れている。白蛾は半身を起こすと、朱姫の身体に両腕を回した。抱きしめると、華奢《きゃしゃ》な身体がすっぽりと白蛾の腕の中に収まった。

まるで、本当の女人を抱いているようで、白蛾は不思議な気持ちになった。

現実には、白蛾は朱姫の姿が見えるが、触れることも抱きしめることも叶わない。それなのに、夢の中ではまるで実体があるかのように、朱姫は白蛾の傍らにいるのだ。

(夢とは、実に酷いものだな)

白蛾は虚《むな》しさを感じて、思わず自嘲していた。

「先生、白蛾先生っ、しっかりしておくれやす」

突然耳元で甲高い声がして、激しく身体が揺さぶられた。その勢いに、白蛾は今度こそ両目をハッと見開いていた。

「竹四郎、か……」

真っ先に視界に飛び込んで来たのは、半泣きになった竹四郎の顔だった。

「気がつかはりましたか」

安堵したような璃羽の声が聞こえる。寝かされているらしいが、見上げた天井も周囲の様子にも覚えがない。

「ここは妙泉寺どす」

と再び璃羽の声が言った。

白蛾はゆっくりと身体を起こした。すかさず竹四郎が手伝おうとする。

「もう大丈夫だ」と、白蛾は苦笑した。

「三日三晩、寝てはりましたんやで」

竹四郎の言葉に、今度は白蛾が驚いた。

「昨日、堺から戻って来たら、梅岩先生から白蛾先生が倒れた、て聞いて、わてはもうびっくりしてしもて」

場所を聞いて、すぐに飛んで来たのだと言う。

「何があったんどすか？　璃羽さんは、何や賊に襲われたとかなんとか……」

璃羽にも、はっきりと何が起こったとは言えなかったらしい。

「賊の気が変わって、すぐに引き上げてくれたのだ。それで助かった」

竹四郎には適当にごまかしてから、白蛾は璃羽に尋ねた。

「それより、なぜ、妙泉寺へ……？」

「賊に襲われた家に、そのまま置いてたら危ないて思うたもんやさかい、妙泉寺へ身を寄せることにしたんどす。惣吉さんが先生を背負うて、ここまで運んでくれました。昼間は子供たちの声で賑やかどすけど、祥明尼様は医術に詳しいさかい、先生の看病にもええて思いましたんや」

白蛾を診た祥明尼は、「このお人は、えらい疲れてはりますなあ」と言った。

──力仕事の人足が、丸二日、飲まず食わず休まずで働いたぐらい疲れてはります。とにかく休ませんと、命に関わりますえ──

白蛾は、賊を追い払った時のことを思い出した。朱姫の力を借りると、どうしても己自身が消耗する。しかも、今回ほど力を使ったのは初めてだった。

「祥明尼様に薬湯を煎じて貰います。目が覚めたんやったら、お薬も飲めますやろ。薬種は梅岩先生が用意してくれはりました」

璃羽が出て行くと、白蛾は改めて竹四郎に目をやった。

「梅岩先生が、こちらに来られたのか？」

「朔治はんが知らせてくれはったそうどす。すぐに寺へ来て、庵主様に様子を聞かはったんやとか」

──とにかく、寝たいだけ寝かせはったらよろし。若いし、丈夫そうな身体をしてはるさかい、休ませれば元気をとり戻さはります。ただ……──

竹四郎はしばらくの間を置いて、白蛾に顔を近づけると、声を落としてこう言った。

「『一緒にいてはるおなごが、悪うおますなあ。手を切るなら、早い方がよろしおすえ』て、庵主様はそない言わはったそうどす」

それから竹四郎は呆れたように白蛾を見た。

「梅岩先生が不思議がってはりました。白蛾先生に、ええおなごがいてる、て話は聞いたことがあらへん。竹四郎、お前は心当たりがあるか……て、そない聞かはるんどす」

竹四郎は、不満を露わにして、なおも言った。

「好いた女人がいてるならいてるで、わてに話してくれはっても、ええんと違いますか」

だが、白蛾は竹四郎の言葉をほとんど聞いてはいなかった。それよりも、祥明尼が朱姫の存在に気づいたことに驚いていた。

「先生、目が覚めはったようどすな」

顔を覗かせたのを見ると、朔治だ。

「近所の農家から卵を買うて来ましたさかい、食べておくれやす」

「私はもう大事ない。卵は子供たちに食べさせてやれ」

白蛾はそう言ってから、手招きをして朔治を傍らに呼んだ。横幅のある竹四郎が、わずかに身体を片方へ寄せる。その隣に、細身の朔治が座った。

「お前は、あれからどうしたのだ？」

朔治が明王堂に提灯を取りに行っている間に、白蛾は消えた。朔治も随分戸惑った筈だ。

「へえ、わても、どないしたらええのんか……」

しばらくその場で待ってから、周辺を捜した。もしかしたら、朔治を待つ間に、その辺を歩き廻《まわ》った揚げ句、迷っているのでは、と思ったのだ。

「それでも見つからんもんやさかい、妙泉寺まで戻ってみたんどす」

すでに夜も明けていた。寺に声をかけてみようとしていた時だ。

「先生を背負った男と璃羽さんが、こっちへ向かって来るのが見えたんどす」

朔治は惣吉から、璃羽が白蛾に仕事を依頼したことや、白蛾を見かけて家に招いたことを聞かされた。

「その家が賊に襲われたんやとか……」

朔治は感心したように白蛾に言った。

「なんや、先生が賊を追い払ったんやそうどすなあ。いやあ、ほんまに人は見かけによらんもんどす」

「ああ、少々張り切り過ぎて、倒れてしもうた」

白蛾は笑ってごまかした。

それを聞いていた竹四郎の耳がぴくりと動いた。

「ちょっと待っておくれやす。その話、わてはまだ聞いて……」

と言いかけたところへ、璃羽が薬湯を載せた盆を手に入って来た。

竹四郎はたちまち口を噤《つぐ》む。朔治は急に改まった態度になり、璃羽に丁寧な口ぶりでこう言った。

「わての事、覚えてはりますやろか」

「破魔屋の朔治さんどすやろ」

璃羽は笑顔で応じながら、居住まいを正してその場に座った。

「源治郎さんにはいろいろとお世話になりました。菊ちゃんを引き取って下さり、きっと藤弥さんも、ありがたく思うてはります」

「今更どすけど、あの時は、ほんまに大変どしたなあ。事情は、先ほど惣吉さんから聞きました。ほんまに女人の身で、大胆な事をしはりましたなあ」

その口ぶりから、朔治もすでに明王札の一件を仕掛けたのが、璃羽と惣吉だということを知らされているようだ。

「明王の絵馬を、親父の手にそっくりに描くやなんて、たいしたもんどすわ。わてにも区別はつかしまへん」

「描けるのは、あの絵馬だけどすねん。源治郎さんの絵馬を手本に、そればかりを稽古しましたさかい……」

璃羽は恥ずかしそうに言ってから、湯飲みを軽く揺すって、白蛾の方へ差し出した。

白蛾は薬湯を受け取った。一口飲んだ途端、口の中に苦みが広がったが、飲み切った後は、すうっと鼻の奥へと抜ける感じがして爽快な気分になった。

「竹四郎、堺はどうであった？」

白蛾は竹四郎に尋ねた。竹四郎は、興味津々の様子で、朔治と璃羽の会話を聞いていた。二人が顔見知りであったことに、ひどく驚いているようだ。

急に問われた竹四郎は、少々慌てたようにゴホンと一つ咳《せき》込《こ》んでから話し始めた。

「茶道具を商《あきの》うてた『華仙堂《かせんどう》』て店がありました。火事で主人一家と住み込みの奉公人が亡くなってますんやけど、一人だけ、娘婿が生き残ってました。その男の名前が、宗兵衛どすねん」

「奉公人ではなかったのか？」

梅岩からは、「手代」だと聞いている。

「へえ、元々は手代どした」

竹四郎は大きく頷いた。

華仙堂には、娘が一人しかいなかった。その娘が手代だった宗兵衛と恋仲になった。そこで、主人は宗兵衛と娘を一緒にして店を継がせた。火事のあった日、たまたま宗兵衛は品物の仕入れのために大坂にいた。

「その後のことどすわ」

竹四郎の目がきらきらと輝いている。どうやらここからは、竹四郎好みの話のようだ。

「大和川《やまとがわ》の河口で、死体が上がりまして……」

遺体はなぜか顔が潰れていて、どこの誰かも分からないまま、無縁仏になった。

「もしや、それが華仙堂の宗兵衛……？」

朔治が身を乗り出すようにして尋ねた。だが、竹四郎は首を傾げる。

「それはなんとも言えしまへん。ただそれきり、宗兵衛は行方知れずになってます」

「京で出直すつもりで、堺を離れたのではないか？」

家族を失った土地には、辛すぎていられなかったのかも知れない。

「当時、宗兵衛が自暴自棄になってたんは、近隣のもんも見ていたようどす。何しろ、祝言を挙げたばかりの女房ともども、家族も店も失《うしの》うたんどす。生きて行く気力を無くさはったんやろ、て思われても仕方おへん」

「その遺体が、本物の宗兵衛であったとは考えられぬか」

白蛾の言葉に竹四郎は神妙な顔になる。

「実は、わてもそない思うてますねん。堺と京とは離れてます。何者かが殺して、宗兵衛になり替わったとしても、気がつくもんはいてしまへんやろ」

「まるで、戯作みたいな話どすな」

竹四郎の言葉に、朔治が妙な感心の仕方をする。

「もし、それが真実《まこと》だとすれば、春雲堂の宗兵衛とは何者なのだろうか」

どうやら華仙堂の宗兵衛は、すでにこの世にはいないらしい。しかし、「宗兵衛」の名は今も生きている。

「源治郎に不動明王の絵馬を描かせたのが、春雲堂の宗兵衛だとしよう。その絵馬が水守神社にあった。だからといって、藤弥を襲ったのが宗兵衛とは言い切れぬ」

さすがに菊は賊の顔を見てはいない。今、分かっているのは、不動明王の絵馬を描かせた男が、宗兵衛と名乗り、春雲堂の主人に納まっているということだけだ。

その時、それまで黙って聞いていた璃羽が口を開いた。

「うちが勝手に動いたせいで、先生まで巻き込んでしまいました。堪忍しておくれやす」

白蛾に詫《わ》びると、璃羽はすっと立ち上がっていた。

「先生は、もう一晩、ここで休んだ方がよろしゅうおす。庵主様もそう言うてはりました。うちは晩餉《ばんげ》の支度をしますさかい……」

璃羽はそう言うと、足早に部屋を出て行った。

白蛾は立ち上がった。まだ多少ふらつくが、薬湯が効いてきたのか、歩けないほどではない。

「祥明尼に会いたいのだが……」

「先ほど卵を届けに厨へ行った折、本堂へ入られるのを見ましたえ」

と、すぐに朔治が言った。

白蛾は竹四郎に目を向ける。

「梅岩先生に心配はいらぬ、と伝えてくれ。それから……」

と、今度は再び朔治に視線を戻した。

「いろいろと世話になったが、もう帰った方が良い。菊さんを一人にしておく訳には行かぬだろう」

藤弥から秘易を受け継いだ限りは、菊の身を守るのは、己の役割のような気がした。

「菊になんぞあるんどすか？」

朔治は不安そうに問いかけて来る。

「明王札に、水守神社を襲った賊が関わっているやも知れぬ。菊さんが天見藤弥の妹だと分かれば、身に危険が及ぶやも知れぬ」

途端に朔治は顔色を変え、「ほな、わてはこれで」と立ち上がった。

その時、竹四郎が口を開いた。

「菊さんを、淡路屋へ連れて行ったらどうどすやろ」

「ああ、それは名案だ」

白蛾は思わず声を上げる。

「お勢さんに頼めるのならば、これほど心強いことはあるまい」

淡路屋には頼もしい息子が二人もいる。奉公人も多い。何よりも、お勢は面倒見の良いことで近所でも評判の女であった。

「その代わり、先生に隠し事があるんやったら、後できっちり話して貰いますえ」

竹四郎は釘《くぎ》を刺すことも忘れない。

「分かった。家に戻ったらすべて話してやる」

「ほんまどすな。わては、先生のおなごのことが知りとうおすねん」

竹四郎は満面に笑みを浮かべた。

白蛾が適当に流したつもりの祥明尼の言葉を、竹四郎は忘れてはいなかったようだ。

本堂の前の境内では、十人ぐらいの子供が遊んでいた。丹精された庭も子供たちにかかれば恰好の遊び場なのだろう。庭石の上に上がっている子がいるかと思えば、木に登る子もいる。かくれ鬼をするにしても、隠れ場所は沢山あった。

背中に赤子を背負った女が、子供たちを見ていた。他にも二人ほどの女の姿があった。

「近隣の農家のお嫁さんや娘さんが、交代で手伝いに来てくれはるんどす。ここには赤ん坊もいてますよって、お乳を貰えると助かるんどすわ」

本堂の廊下から、境内を眺めている白蛾の後ろで、しゃがれた声がそう言った。振り返ると、一人の老尼が堂内から白蛾を見ている。

明王堂に行った夜、与吉の帰りを待っていた尼に似ているようだ。これが祥明尼だろう、そう考えた白蛾は、即座に深々と頭を下げた。

「わてに、なんぞ話があるようどすな」

祥明尼は飄々《ひょうひょう》とした態度でそう言うと、白蛾を本堂内に招き入れた。

観音菩薩《かんのんぼさつ》像が正面に鎮座している。その右隣には子供を守る地蔵菩薩像があった。一つ気になったのは、左側に掛けられていた仏画《ぶつが》だ。それは、両翼を広げた鳥の背に乗る仏の絵だった。

「これは、もしや孔雀《くじやく》明王ではありませんか？」

白蛾は尋ねた。孤児を引き取って育てている寺に、観音菩薩や地蔵菩薩が祀られているのは分かる。

（孔雀明王の御利益とは、なんであったろう？）

妙泉寺の宗派そのものが、よく分からない。観音も地蔵も、大抵の宗派で信奉されている。だが「明王」となると密教系だ。つまり神通力と縁が深い。

「孔雀明王は病に御利益のある仏さんどす。小さい子は病に弱い。せやさかい元気で過ごせるように毎日祈願してますのや」

祥明尼は孔雀明王の前に座ると、チーンと鉦《かね》を鳴らした。

「あんさんのことも、頼んでおきました」

医術の心得もあるという尼であった。通常は薬師如来だろうが、孔雀明王を拝んでいても不思議はない。

「庵主様のお陰で、こうして元気になりました。ありがとうございます」

白蛾は礼を言って、祥明尼の後ろに座る。

「その女人を側に置いてはったら、同じようなことはまた起こりますえ」

祥明尼は白蛾の方へ向き直った。

「せやけど、あんさんには離れる気はないようどすな」

白蛾は「はい」と頷いた。

「すべては私の修行が足りぬからです。この者のせいではありません」

朱姫が悪いのではない、と白蛾は思う。だが、朱姫の方は、どうやらそうではないらしい。夢に見た朱姫の涙が、それを示していた。

「まこと男と女の仲は、難儀なもんどすなあ」

祥明尼は、まるで白蛾と朱姫が恋仲であるかのような言い方をして、再び鉦をチーンと鳴らした。

「すべては承知の上です。それよりも、あなたは秘易の事を知っているのですか?」

祥明尼は朱姫の存在に気づいた。いや、何かを見たのだ。そうでなければ「女」とは言わない。

「粟田口の水守神社の天見家は、わての実家どしてなあ」

そう言って、祥明尼は孔雀明王に向かって両手を合わせた。あまりのことに、白蛾は思わず息を呑んでいた。

「しかし、天見家は社家、こちらは仏門……」

白蛾の問いかけに、祥明尼は「ほほほ」と笑った。その声が、なぜか艶めいて聞こえる。

尼の僧衣に身を包んだその後ろ姿が、わずかに大きくなったような気がした。

「神さんや仏さんや言うたかて、所詮は人の頭が考え出したもんどす。肝心なのは御利益があるか、ないか。つまり、『力』があるか……、ないか……」

祥明尼はゆっくりと白蛾を振り返った。

「そうは思いませぬか、白蛾殿」

祥明尼の顔が明らかに変わっていた。若くなっているのだ。年の頃は二十代の半ばぐらいか。いや、璃羽よりも若いかも知れない。もはや顔に皺は一本もなく、そこには玉のような肌をした美貌があった。

「孔雀明王に、若返りの秘術があることを忘れておりました」

やっとの思いで白蛾は言った。言ってから、水守神社にも不老長寿の井戸があったことを思い出した。

「この姿を知る者は、ほんのわずかじゃ。そなたは幸運であったのう」

祥明尼は若い女のような声で笑った。

「ここにも、水守神社のような井戸があるのですか」

白蛾が尋ねると、祥明尼は「そうだ」と言うように頷いた。

「水守の社の井戸水には、不老長寿の効能があると言われておった。ここ妙泉寺にも、同じく霊験あらたかな水が湧いていて、人々の病を治すのに役立っておる。この寺の湧き水で薬種を煎じれば、実に良く効いてくれる。ゆえに、弱っていたそなたの気力も取り戻せたのじゃ」

「本当に命を長らえることができるのですか？」

白蛾の言葉に、祥明尼はかすかに笑ってかぶりを振った。

「人の寿命は変えられるものではあるまい。不老長寿とは言うても、本当に年を取らぬ訳ではなく、当然危うい真似をすれば命を落とすこともあろう。ただ、そのような力のある水があれば、人はそれで安心するものじゃ。信じれば、それが生きる力ともなろう。寿命などというものは、決まっているようで、決まってはいない。何事も、本人の心根しだいじゃ」

「しかし、あなたのそのお姿は……？　まさに不老長寿の水の力としか思えませせぬ」

ふいに祥明尼の姿が陽炎《かげろう》のように揺らいだ。思わず目を凝らした白蛾の眼前に、先ほどの老尼が立っていた。

「先ほど、わては天見家の出自やて言いましたなあ」

「はい、水守神社が実家であったと……」

「天見家ができた謂れを、知ってはりますか？」

「それは」と言いかけて口籠ったのは、朱姫から聞いたと言って良いものかどうか、分からなかったからだ。

「その様子やと、すでに知ってはるようどすな」

白蛾の顔を覗き込むようにして、祥明尼は言った。

「誰から聞いたかは、言いとうないんどっしゃろ」

白蛾の胸の内を読んだかのように、祥明尼は頷いた。

「私が知っているのは、天見家が吉備真備の末裔《まつえい》だということです」

「秘易の守り手やていうことも、聞いてはりますな」

「吉備真備が、秘易を隠すために、子の一人に託したのだ、と……」

「吉備臣は、天見と海津地の祖先どす。天見家はここ山城国《やましろのくに》の下津井荘に、海津地家は吉備国の下道荘《しもつみちのしよう》に……。吉備臣は、元は下道の姓どしたから、海津地家の方が本家筋になります」

「『天』の天見。『地』の海津地。あらゆる物事、つまり太極は『陽』と『陰』の二極の対立によって成り立っている。

「吉備氏そのものも、易の理《ことわり》に合わせたのですね」

「何事にも対《つい》があり、対立によって変化が生じる。それを読み取ることが八卦やて、わても昔、そない教わったことがおます」

「あなたが天見家にいたのは、いったい、いつ頃のことなのですか」

もはや老尼の年齢が分からなかった。今のこの姿が正しいのか、それとも、先ほど見せられた、あの美女の方が本性なのか。そもそも……。

(この尼は、果たして人なのだろうか?)

そんなことを思っていると、祥明尼が再び口を開いた。

「吉備臣、当時まだ下道臣であった真備が唐から持ち帰ったのは、秘易だけやなかったんどす」

驚く白蛾に、祥明尼はさらに語り続けた。

「少年を一人連れ帰りましてな。その子を手元で育て上げた後に、娘の一人を娶《めと》らせたんどす」

「異国の地から連れて来た者を、娘の婿にしたのですか?」

意外な思いで白蛾は問い返した。

「唐から来た少年が、天見家の先祖どす。吉備臣は龍女の言い伝えを聞いて、骨を探した。それと同時に、龍女を生み出した一族の生き残りを、手に入れたんどす」

「もしや、龍女の血をこの国に根付かせようと……？」

いつしか、辺りには夕暮れの気配が漂っていた。西向きの本堂から見える、正面の山際に差す茜色《あかねいろ》が美しい。しだいに迫る夜の闇が、白蛾の胸をひどく波立たせていた。

「ほんまに、人の欲とは面白うおすな」

ゆっくりとかぶりを振りながら、祥明尼は立ち上がった。

宵闇がひたひた押し寄せ、さほど広いとは思えなかった堂内が、しだいに無限の広がりを見せ始めている。

「ある者は富を欲しがり、ある者は権力を欲しがらはります。美しいおなごを欲しがる男は、まだ可愛《かわゆ》うおすな。やっかいなのは、本来、人が持ってはあかんような『力』を、欲しがる者どす」

祥明尼は小さくため息をつく。

「天見家には、ある言い伝えがおましてな」

ほの暗い中、祥明尼の目線がわずかに高くなっているのに白蛾は気がついた。

「女児が生まれたら、決して井戸の水を産湯に使うてはならぬ。決して井戸の水は飲ませてはならぬ」

声が再び若くなり、その物言いも変わっていた。

「不老の効能があるという、水守神社の井戸水ですね」

「飲んで良いのは、男児のみ。水守神社を継いだ神官は、代々病知らずで長生きした者が多い。そのせいで、いつしか『不老長寿の水』などという噂が広がった。そこまでの効能があるかどうかは分からぬが、ただあまりにも美味な水なので、それだけでも、寿命が延びるような気がするのじゃろう」

ほほ……と、祥明尼は笑う。笑いながら、尼頭巾を掴むと自らそれを引き剝いだ。

途端に銀色とも見える長い髪が左右に広がった。その髪がみるみるうちに、漆黒に変わる。

「男児が飲める水を、なぜ女児が飲んではならぬのじゃ？　天見家に生まれた娘の一人は、ある日、ふとそんなことを思い、家族の目を盗んで井戸水を汲んだ」

「まさか、あなたはあの水を……」

「確かにあれは不老の水じゃ。吉備臣は龍女の骨で秘易を作った。その折に残ったわずかな骨を、水守神社の井戸に沈めたのじゃ」

祥明尼は不老の水を飲んだ。龍女の血を引く娘は、それ以来、人とは違う時を生きることになった。

「私は未だにこの姿じゃ。老婆なのか若いのか、時の川から弾かれたまま、今もこの世をさ迷うておる」

「不老の水を飲んだ天見の娘は、あなただけなのですか？」

前例がある筈だ、と白蛾は思った。そうでなければ、娘に水を与えることを禁じる理由がない。

「天見家の最初に生まれた娘が、水を飲んだという言い伝えがあった。その娘はいつまで経っても年を取らない。そこで、水守神社から遠く離れた西の端に寺を建て、そこで尼となって、ひっそりと暮らした。その寺が、この妙泉寺じゃ」

その後、天見家の娘の一人が妙泉寺を守るようになり、今に至るのだ、と祥明尼は語った。

「その娘はどうなったのですか？」

（皮肉なものだ）と白蛾は思う。「不老長寿」もまた、人の欲が求めてやまぬ、夢の一つであったからだ。

「この本堂の裏に霊廟《れいびょう》がある。百年ほど生きたそうだが、その姿は、最期まで若い娘の姿であったそうな。いずれにしても、この世の生を終えられたのだけは、救いではあるな」

祥明尼はそう言って、どこか悲し気な顔で笑った。

その時、廊下に足音がした。

「白蛾先生、お食事の用意ができました」

璃羽の声に、白蛾は振り返る。

「庵主様が食事をご一緒したい言うて、お部屋で待ってはります」

その言葉に、白蛾は面食らってしまった。

「祥明尼様なら、こちらに」と言いかけて、慌てて振り返った。

誰もいなかった。ただ祥明尼の灯した蠟燭の炎がゆらゆらと揺れているだけだ。その明かりに照らし出されて、孔雀明王の絵が浮かび上がっていた。

改めて見ると、孔雀明王の腕が六本ある。通常は、左右に二本ずつの四本の筈だ。白蛾は顔を近づけた。すると、六本の手に、それぞれ丸い宝珠を載せているのが分かった。六個の宝珠の内の五個には、それぞれ形の違う影の部分が描かれている。その影の形が、細さの異なる三日月や、上弦や下弦の月の形に見えた。

(月は『陰』。六つすべて陰爻の卦は、坤為地《こんいち》だ)

それは、天の気を受け止める大地の力を意味する。

(不動明王の陽に対して、孔雀明王の陰……)

「陽」が「天」ならば、「陰」は「地」。しかもこの卦の上陰は、戦いを繰り広げる二頭の龍の姿を表すのだ。

ふいに懐の辺りが熱くなり、脳裏に秘易が浮かんだ。白蛾の頭の中で朱姫の算木が動いている。

本来聞こえない筈の、カタカタという乾いた音が、耳の奥で小さく囁いていた。

（上卦は陽陽陽。下卦、陰陽陰……）

白蛾は胸の内で卦を読んだ。

（天水訟《てんすいしょう》）

それは激しい戦いの予兆であった。


「私は、祥明尼様がいらっしゃると聞いて本堂へ来たのですが……」

白蛾は胸がざわつくのを抑えながら、璃羽に尋ねた。

「近隣の村から瓜《うり》が届いたんどす。庵主様は仏様のお供えにするからと、ここへ入らはったそうどす。せやけど、すぐに厨へ戻られて、後はずっと子供たちの食事の世話をしてはりました」

白蛾は視線を正面の観音菩薩へ向けた。確かに三個の大きな瓜が笊《ざる》に盛られている。

（朔治が見たというのは、その時であったのか）

ならば、白蛾が出会った祥明尼は何者なのだろう？　白蛾はまだ祥明尼の顔を知らない。だが、先ほどの尼は、与吉を迎えに出ていた尼と姿形が似ていたので、そう思い込んでしまったようだ。

「ここには、祥明尼様以外にも尼はいるのですか？」

尋ねると、璃羽は少し考え込んでから、こう答えた。

「子供の世話を手伝《てつど》うてはる女の人は、何人かいてますえ。皆、近くの村のお人で、わずかな手間賃でも働いてくれてます。せやけど、尼は祥明尼様お一人だけどす」

「仏門に入っていなくても、尼の僧衣を着ている人はいませんか？」

「いずれ出家するからと、修行に来てはるお人やったら二人ほどいてはります。僧衣は着てはりますけど、まだ髪は下ろしてはりまへん」

「その方の中に……」

問おうとして、白蛾は言葉を呑み込んでいた。

年齢を変え、姿形を変えてしまう女人……。つい先ほどまで一緒にいた筈なのに、気配もさせずに消えてしまう。あれは現実であったのか、それとも夢か幻……。いずれにしても、到底、人の為《な》せる技ではない。その事にどこか納得している己がいた。

「参りましょう。祥明尼様を、すっかりお待たせしてしまいました」

すでに辺りは暗かった。誰が灯したのか、庭先の石灯籠で炎がちらちらと揺れていた。

膳には汁と煮物、それに卵焼きが載っていた。卵は朔治が持って来たものだろう。二切ればかりであったが、子供等の口にも入ったようだ。

「さあ、あんさんはしっかり食べなはれ」

祥明尼は自分の卵焼きの皿を、白蛾の膳に載せた。

慌てて断ろうとする白蛾に、祥明尼は「わては精進どすさかい」と言って笑う。

「私を介抱して下さったと聞きました。礼を言います」

白蛾は祥明尼の前に頭を下げた。それから、顔を上げると、すぐに疑問を口にした。

「あなたは、私が良くない女と一緒にいると、梅岩先生に言われたそうですね」

――一緒にいてはるおなごが、悪うおますなあ――

途端に、老尼は「ほほほ」と笑った。

「聞かはったんどすな。これは余計なことを言うてしまいましたなあ」

「どういうことか、教えていただけませんか？」

祥明尼が「朱姫」のことを知っているのかどうか、白蛾はそれを確かめたかった。

「年を取ると、目が悪うなります」

祥明尼は話し始めた。

「物がはっきりと見えしまへん。せやけど、今度は人の見えへんもんが、見えて来るようになりましてなあ」

「あなたに見える物とは、いったいなんなのですか？」

「そうどすなあ……」

と、祥明尼は考え込むようにわずかに首を傾げた。

「人の念、とか、気の塊みたいなもん、とでも言うたらええんやろか」

祥明尼は、白蛾の側に、姿形のはっきりしないぼんやりとした影のようなものが見えたのだと言った。

「それだけで、女とは……」

「赤い着物を着ているのは、分かりましたさかいな」

再び、「ほほ」と祥明尼は口を窄《すぼ》める。

「真っ赤な色の、どこか変わった形の着物どした。赤いもんを着はるんは、おなごはんどすやろ」

「それは、そうですが……」

白蛾は口ごもる。

「あんさんを恋い慕うてはる女人の念が、憑いてはるような気がしたんどす。そこまで男はんに執着する女の性根が、そないええ筈はおへんやろ」

「だから、悪い女だと……」

「話半分にしとくれやす。わてには、大伯母ほどの力はないさかい……」

「大伯母、と言われますと?」

白蛾が面食らっていると、祥明尼は「ああ、せやった」と呟いた。

「こないなこと、あんさんには関わりが無《の》うおましたなあ。惣吉と璃羽さんが連れて来たお人やったさかい、つい……」

「それは、水守神社の天見家に関わることではありませんか?」

その途端、それまで細く皺に埋もれていた老尼の目が、ぐりんと大きくなった。白蛾の言葉は、祥明尼をひどく驚かせたらしい。

「あんさん、知ってはりますのか?」

「璃羽さんから、多少のことは聞いております」

「それどしたら、話してもよろしおすやろ。普通のお人には、到底信じられへん話やさかい、そうそう語る訳には行かしまへんのや」

祥明尼は、白蛾に自らの生い立ちを話し始めた。

「わては粟田口の水守神社の社家に生まれました。璃羽さんの許嫁やった藤弥は、わての弟の子どす」

「では、あなたは菊さんの伯母に当たるのですね」

「そうどす。天見に生まれた娘は、何代かおいて、妙泉寺を守る役目がおましてな」

祥明尼は十歳の時に妙泉寺に入った。そこで待っていたのは、生まれて初めて会う、大伯母だという老尼であった。

「大伯母は祖父の妹どす。十五歳の折に、妙泉寺に来たんやて言うてはりました」

「年齢は御幾つぐらいでしたか?」

「当時で八十歳は超えてましたやろか。せやけど六十歳半ばぐらいにしか見えしまへん。丁度、今のわてぐらいどすわ」

「その方は、どうされたのですか？」

するると、祥明尼は呆れたような顔になった。

「とっくに霊堂に入ってはりますわ。もし生きてはったら、百三十歳を超えてはります。それやったら、とても『人』とは言われしまへん」

「水守神社の井戸水には、不老長寿の効能があると聞いたのですが……」

「代々続く天見家の当主が、長生きやったさかい、近隣の者の間でそないな噂が広まったんやそうどす。大伯母のことを思うと、元々長生きの家系なんどっしゃろ」

祥明尼はあっけらかんとした態度で、「ほほほ」と笑った。

（本堂で会ったのは、すでに他界したという、祥明尼の大伯母なのだろうか……）

龍女の血筋を残そうとした吉備臣は、井戸の中に、龍女の骨を沈めたという。その水を飲んで育った天見家の男たちは、おそらく天眼力を身につけたに違いない。

しかし、女児が飲めば、さらに龍女の血は強まり、天眼を超える力を得てしまったのではないだろうか。

その時、食事を済ませ、茶を啜っていた祥明尼が、何かを思い出したように顔を上げた。

「せや、あんさんにも言うといた方が、ええかも知れまへんなあ」

「何かあるのですか」

白蛾は箸を置いた。

祥明尼は、自分の前にあった膳を脇に除けると、すすっと膝を白蛾の方へ進めて来た。それから、白蛾に顔を寄せると、声を潜めるようにしてこう言ったのだ。

「この寺には、幽霊が出るんどす」

「はあ」と、白蛾はため息のような声を出す。

「なんや、わてのような年を取った尼やったり、えらい別嬪《べっぴん》のおなごやったりするそうどすけどな。わてはまだ見たことがおへんのや。あんさんのような綺麗な男はんやと、若いおなごが現れるかも知れまへん。夜は気ぃつけなはれ。魅入られたら、命を吸い取られてしまいますよって」

白蛾はもはや笑ってごまかすしかない。

その怪しい尼ならすでに会っている……、などと言える筈もない。

「まあ、幽霊とは限らしまへん。北野松原に巣食う、狐か狸《たぬき》が化けてはるんかも……」

本気なのか冗談なのか分からない言葉を吐いて、祥明尼は、ほほほと笑った。

其の二

その夜、白蛾は縁先で考え事をしていた。ついこれまでの経緯を考えていたら、頭が妙に冴《さ》えてしまったのだ。

夜の闇に沈んだ庭には、雨の気配が漂っていた。そろそろ梅雨に入る。そこかしこで蛙が鳴き、月も薄絹の衣を纏《まと》ったように茫漠としている。

二人の尼から聞かされた話から、天見家のおおよその成り立ちが分かった。吉備真備が、龍女を再びこの世に生み出そうと試みていたことも……。

しかし、真備の子孫等は、「力」の恐ろしさを知った。

龍女の骨は、水守神社の井戸水を不老の水に変えた。

通常よりも長く生きるぐらいならばまだ良い。この世での時が止まり、老いることのない身体になってしまうのだとしたら……？

さらに白蛾は春雲堂の宗兵衛について考えた。堺で死んだ男の名前を奪い、春雲堂の後家の入り婿になった、宗兵衛……。

（酔って足を滑らせたものか、入水なのか、あるいは偽の宗兵衛が殺したのか？）

いずれにせよ、春雲堂の宗兵衛は、身元を偽る必要があったのだ。春雲堂が宗兵衛の身元を辿れば、華仙堂の生き残りの宗兵衛に繋がるように……。

宗兵衛は、破魔屋の源治郎に明王札を作らせた。通常とは違う不動明王の絵には、明らかに八卦の意味が籠められていた。

(璃羽さんが仕掛けた今回の明王札が、春雲堂の宗兵衛をあぶり出した)

だが、藤弥を殺した下手人とは、まだ言い切れない。明王札を水守神社に掛けた理由が、脅しなのか、警告なのか分からないからだ。

(脅しならば、秘龍を渡さなかった藤弥を殺したとも言える。警告の意味ならば、藤弥に危険を知らせるために札を置いたことになる)

やはり、春雲堂の宗兵衛に直接会ってみるしかあるまい、そう白蛾が思っていた時だ。

急に辺りの静けさが気になった。いつしか蛙の声が途絶えている。月はすでに厚い雲に覆われ、庭の闇が一段と濃さを増していた。

石灯籠の明かりも、心もとなげに揺れている。

ふいに、風を切る音がした。白蛾の身体の際を何かが飛んで行き、部屋の奥の柱に突き刺さった。

振り返ると、一本の小柄《こづか》が揺れている。

さらに音は続けざまに起こった。闇から襲って来る敵に対して、白蛾は全くの無防備だった。幾つかは身を躱《かわ》すことで避けられたが、殴りつけて来る雨のような攻撃には、もはやどうすることもできなかった。

目前に無数の小さな刃が、闇を斬り裂いて迫って来る。白蛾は、それをただ見ているしかない。それほど、何もかもが突然に起こっていた。

ふいに朱姫の気配がした。次の瞬間、人の身体となって現れた朱姫が、白蛾に抱きついて来た。

朱姫を全身で受け止めた時、人の温もりをはっきりと感じた。そのほっそりとした身体が、白蛾の腕の中で息づいているのも分かった。まるで、夢に見た時のようだった。朱姫は白蛾を見上げた。初めて水守神社で出会った時の、あの娘の顔がそこにある。

(あれから何年も共にいたというのに……)

その間、朱姫は、淡い気配でしか、白蛾の前に己の存在を示さなかった。

生身の朱姫の背に、小柄が次々と突き刺さる。朱姫は目を閉じると、白蛾の胸に倒れ込んだ。見ると一本の小柄の切っ先が、木札を貫いて背に突き通っている。

あの明王札だった。

「やっと本性を現しましたなあ」

声が聞こえて、一人の商人風の男が石灯籠の影から現れた。一見、大店の主人に見える。背はそれほど高くはないが、堂々とした体軀《たいく》をしているのが分かった。

白蛾は意識を失ったように倒れている朱姫の身体から、小柄を引き抜いた。一本一本と抜いて行ったが、身体から血が噴き出すことはなかった。衣服は元々赤いが、それでも血が滴れば濡《ぬ》れる筈だ。

痛みも感じないのか、朱姫は白蛾の腕の中でじっと目を閉じている。まるで人形のように、長い睫毛《まつげ》はぴくりとも動かない。

それが妙に悲しかった。朱姫の身体を確かに感じているのに、やはりこの世の者ではないのだと、嫌でも思い知らされた気がした。

「おっと、その札を抜いては困ります」

明王札を突き刺している小柄を抜こうとした時、男がわざとらしい声を上げた。

「とは言うても、抜けるもんやおまへんけどなあ」

男の言葉通り、札ごと朱姫の背に突き刺さっている小柄だけは、どれほど力を入れても微動だにしないのだ。

「不動の明王札が、龍女を封じていますさかい」

男はゆっくりと近づいて来た。その背後に黒装束の人影が幾つも見える。先日、農家を襲った輩《やから》に風体がよく似ていた。

「お前が私たちを襲ったのか？」

「そうどす」と、男はあっさりと答えた。

「何者なのだ？」

「春雲堂の宗兵衛て言うた方が、あんさんには分かりますやろ」

「なぜ、このようなことをする？」

白蛾が声音を強めると、宗兵衛の口元がふっと笑った。

「秘龍の本来の力てもんを、一遍この目で見とうおましてな」

「本来の力……」

「あんさん、秘龍が、ただの易具やて思うてはるんと違いますか？」

宗兵衛は反対に問い返して来た。

「ただの易具などとは、思うてはおらぬが……」

「そうでっしゃろ？　先日、わての手の者を追い払うたんも、たった今、あんさんを守ろうとして本体を現したのも、秘龍本来の力どすえ」

「秘龍の力を確かめるために、私を襲ったと言うのか？」

「あんさんに危害を加えるつもりは、あらしまへん」

宗兵衛は大きくかぶりを振った。

「それにしても、健気《けなげ》なもんどすなあ」

宗兵衛は、白蛾の腕で眠っている朱姫に視線を向けた。

「生身の身体やないと、あんさんの盾にはなれしまへん。まあ、死ぬことはおへん。とっくに死んでんのやさかい……」

何がおかしいのか、宗兵衛は相好を崩す。

「さっさと用件を言えっ」

白蛾は怒りのあまり声を荒らげた。たちまち宗兵衛は真顔に戻る。

「わてが欲しいのは、その秘龍どす」

「天見藤弥を襲った賊は、やはり、お前なのだな」

「わてどすわ」

と言ってから、宗兵衛はかぶりを振った。

「妹を逃がそうとして、わてに向かって来た藤弥と争うて、とうとう刺してしまいましてなあ。殺してしもうたら、秘龍の隠し場所が分からんようになります。こちらも慌てましたわ。そうこうしている内に、突然火の手が上がりましてなあ。灯明があったさかい、何かの拍子で倒れたんと違いますやろか。風も強うおましたさかい、たちまち燃え広がってしもうて……。わても、逃げるのが精一杯どした」

「お前が火を放ったのではないのか？」

宗兵衛は「とんでもない」と、顔を顰《しか》める。

「そないなことをしたら、秘龍まで燃えてしまいます。あれは、人の骨でできてますのや。それも途方ものう古いもんどす。灰にしてしもうたら、秘易の価値が無うなります」

神社から出た炎は、近隣の村へたちまち燃え広がった。

「えらい火事どしたわ。結局、秘龍は手に入らんまんまや。せやけど、まだ火事で燃えたとは限らへんさかい、しばらく京で大人しゅうしていようと、そない思いましてなあ」

「それで春雲堂へ入ったのか？」

「へえ、わざわざ堺辺りまで行って、新しい身元を作りました」

堺で茶道具を商う「華仙堂」の、娘婿であった宗兵衛……。彼との出会いを春雲堂の宗兵衛は語り出した。

「酒場で飲んだくれているとこを見つけましてなあ。後はひたすら話を聞きながら、酒を飲ませてやりました。よっぽど寂しい思いをしてましたんやろ。そうやって宗兵衛の人生を聞いていると、まるで自分が宗兵衛になったような気がしてきましたわ」

その後、酔い覚ましだと、宗兵衛を大和川の岸にまで連れて行き、首を絞めて殺した上に、顔を潰して川に捨てた……。

「酔っていたとはいえ、散々『死にたい、死にたい』と嘆いてたんどすえ？　果ては死に別れた女房が恋しい、て、そない言うて泣き出す始末どす。そりゃあ、わてかて憐《あわ》れみを覚えますわ。せやさかい、望みを叶えてやろうて思いましてなあ」

「そうやって、宗兵衛の名を奪ったのだな」

「名前は、自死を手伝うてやった礼に借りただけどす」

平然と宗兵衛は言い放った。

「わては秘龍が欲しかった。あの家で、秘龍の力を見せつけられた時は、正直、舌を巻きましたわ」

白蛾は農家で襲われた時のことを思い出した。あの時、朱姫はまさに火炎の龍のように敵に向かって行ったのだ。

しかし、朱姫の力が強ければ強いほど、白蛾から気力を奪って行く。朱姫が、自らの身体を盾にしたのは、白蛾から力を奪わないためであった。

「今はあんさんを守るもんはいてしまへんのや。大人しゅう秘龍を渡しておくれやす。まさか、女、子供のいてるこの寺を、火の海にしたいとは思わしまへんやろ」

宗兵衛は脅しとも取れる言葉を吐いた。

「その前に知りたい。何ゆえ、私が秘龍を持っていることを知ったのだ？」

秘易の力を知っている者は、白蛾の知る限り一人だけだ。菊の記憶を辿る際に、朱姫の力を借りた。その後で、気力の衰えた白蛾を救った男、海津地玄鳳だ。

「そない難しいことやおへん」

宗兵衛は即座に答えた。

「あの璃羽て女が、小賢《こざか》しい真似をしてくれたお陰どす」

宗兵衛が笑っているのが暗がりでも分かった。

「わての店に明王札が置かれた後、付け火をしたもんがいてました。すぐに店の奉公人が怪しいて睨んで、わての手下に調べさせましたんや」

妙泉寺で育った子供の中には、商家で奉公している者もいる。明王札は彼等によって撒かれたものだと、白蛾は璃羽の口からすでに聞いている。

「後を付けさせたら、北野松原の西にある農家に入って行きましてなあ。ほれ、あんさんがいてはった、あの家どすわ」

そこで璃羽の存在を知った宗兵衛は、手の者に見張らせた。

「あの女は、あんさんを訪ねてはりました」

春雲堂の娘だと名乗って白蛾の前に現れた、あの時だ。

「新井白蛾、て易者のことは噂には聞いてましたんやけど、八卦見は京に何人もいてますさかい、さほど気にはしてへんかったんどす」

しかし、璃羽が白蛾の許へ行ったことから、宗兵衛は関心を持った。

「あんさんのことはすぐに調べがつきましたわ。えらいよう当たる易者や、て。幾ら占いが上手いて言うたかて、外すことはあります。せやけど、あんさんは一度も外したことがあらへん。そないな事ができるのは、天眼力が備わっとる証拠どす」

そう言いつつ、宗兵衛は一歩、また一歩と白蛾の方へ近づいて来た。

朱姫の身体を抱いたまま縁にしゃがんでいた白蛾と、やがて目線がまっすぐに繋がった。

「秘龍を奪ってどうするつもりなのだ？」

白蛾は声音を強めて尋ねた。

秘易は、望み通りの卦を立てることができる、と朱姫は言った。

（そうなれば欲しい物はなんでも手に入る。この国を支配する権力も、もしかしたら永遠ともいえる命さえも……）

「あんさん、知ってはりますか？」

宗兵衛は白蛾の顔を覗き込んで来た。

「秘龍は確かに易具として使えます。せやけど、もっと別の使い道があるんどす。秘龍の名の通り、あの算木は龍女の骨からできてます。その骨を喰らえば、龍眼《りゅうがん》の力が持てるようになるんやそうどす」

「喰らう……。食べるというのか？」

「水守神社の井戸水には、龍女の骨が沈められていました。その水を飲んでいた天見の血筋のもんは、長生きであったばかりか、本来備わっていた天眼の力を強めることもできた。その骨を砕いて飲めば、天眼よりもさらに強い、龍眼の力が手に入るんどす。そうなれば、権力も持てるし、不老不死の身体にもなれる」

「お前は、そのような力が欲しいのか……」

驚く白蛾に、宗兵衛はかぶりを振った。

「そないなもん、どうでもよろし」

宗兵衛は言い捨てると、「せやけど」と話を続ける。

「欲しいもんはいてますのや。そのためなら、幾らでも金を出すて御仁が……」

「いったい、何者が欲しがるというのだ」

「この国には、二つの勢力がおます」

宗兵衛はきっぱりと言った。

「江戸と、この京に……」

幕府と朝廷……。きっとそう言いたいのだろう。

「今の八代将軍吉宗《よしむね》公は、五十代半ばを過ぎてはります。そろそろ跡目を継がせたいところでっしゃろ。ところが、肝心の御嫡男の家重《いえしげ》様は、三十歳になられるというのに、何やら病を抱えてはるとか。それに引き替え、天子様はまだ二十一歳とお若い。なかなかに利発な御方やて聞いてます。朝廷の中には、幕府支配を面白うないて思うてはる公家も仰山いてはりましてなあ。天子様も、胸の内では御不満をお持ちのようどす。せやけど、何しろ『力』てもんがあらしまへん」

「お前は、秘龍を朝廷側に売りつけるつもりなのか？」

「それを考えてるところどすねん」

　飄々とした口ぶりで、宗兵衛は答えた。

「吉宗公も不老不死とは行かへんまでも、長う生きれば将軍職に居続けられます。家重様に秘龍の骨を飲ませれば、問題の病も治るかも知れまへん。いずれにしても、この後の幕府の安泰を考えるならば、秘龍は吉宗公ご自身が、喉から手が出るほど欲しい品かも知れまへんなあ」

「お前は、権力にも不老不死にも興味がないと言う。ならば、金が目当てなのか？」

「確かに、金は多いに越したことはあらしまへん」

　当然だというように、宗兵衛は大きく頷いた。

「せやけど、ただ金を得るためだけに秘龍を使うんでは、あんまり面白うおまへん」

　宗兵衛はニンマリと笑った。

「考えてみとおくれやす。将軍様も天子様も、人を超える力を持っていると聞けば、わての前にひれ伏さはります。そうなると、わてがこの国の命運を握ったも同じや。これほど面白いことはおまへんやろ」

　賽子《さいころ》を転がすように、宗兵衛は右の掌を上に向けて、ゆるゆると二度ほど動かしてみせる。

「まさか、己の楽しみのために、秘龍を使うというのか？」

白蛾はもはや呆れるしかない。

「あんさん、秘龍は人を助けるためのもんやて、思うてはるんと違いますか？」

思いも寄らない言葉が、宗兵衛の口から飛び出して来た。

「元々は、罪もないのに無残に殺された、龍女の骨どすえ。そりゃあ、この世に恨みつらみも残ってますやろ。それを無理やり、人助けのための易具にしたんが、吉備流八卦や。わては、ただ秘龍を自由にしてやりたいだけなんどす」

自由にしてやりたい、と口では言いながら、その声音に思いやりは欠片《かけら》も見えない。

「お前のために使うことが、龍女の慰めになるとでも言うのか」

白蛾の口ぶりは、しだいに荒くなって来る。

「あんさんが、とやかく言うことやおへん」

宗兵衛は、じわりと白蛾に詰め寄った。

「本来、あんさんは吉備流とは縁のないお人や。元々、秘龍を持つ資格があるのんは、天見と海津地、それに海津地の別派、不動家だけなんどす」

「では、『不動の明主』とは、お前のことなのか？」

宗兵衛の両肩が震えていた。どうやら笑っているらしい。

「それを知ってどないしますのや？　よろしおす。教えてさしあげまひょ」

そう言うと、宗兵衛はどこか芝居じみた口ぶりでこう言った。

「へえ、確かにわてが不動の明主、玄闇《げんあん》どす。どうぞ、お見知りおきを……」

「玄鳳という男に会った。あの男も海津地の者であろう？」

「ああ、あのお人どすか」

宗兵衛はどこか不機嫌な声で答えた。

「海津地玄鳳は、海津地家の当主で、わての伯父に当たります。わての父と玄鳳は、兄弟でも考え方が違うてましてな。そこで、わての父親が別流の不動家を興したんどすわ」

宗兵衛はそう言うと、片手を軽く上げた。すると、それまで彼の背後にいた八つの影が、スス……と近寄って来たのだ。

八つの影はそれぞれ刃を手にしているようだ。雲間から月が顔を出し、不穏な影をさらに浮き立たせる。

突如、ピシリと何かの弾ける音がした。聞こえたのは、白蛾の腕の中だった。

ハッとして視線を落とすと、朱姫を封印していた明王札が、縦横にひび割れている。たちまち札は無数の板屑《いたくず》となって周囲に散った。同時に、朱姫の背に突き刺さっていた小柄がスルリと抜け落ちた。

朱姫の両目が開いた。朱姫の長い髪が、扇のように左右に広がった。朱姫は、怒りの形相を宗兵衛に向けた。

一瞬、宗兵衛はたじろいだ。だが、すぐに声音を強めてこう言った。

「闘うつもりやったら、やめておくんやな。大事な主の気力が損なわれるさかい」

宗兵衛の言葉に、朱姫の髪がふわりと落ちた。

「聞き分けのええ娘や。さあ、わてと一緒に行きまひょ。白蛾先生に手は出さしまへん。それは約束しますさかいに……」

その時だった。白蛾の頭に、何者かの声が聞こえて来たのだ。

——秘龍を守るがよい。私が力を貸してやろう——

「朱姫、戻れ」

白蛾は朱姫にそっと囁いた。

「案ずるな。私はどのようなことがあっても、お前を手放さぬ」

朱姫の姿がたちまち陽炎のように揺れた。その姿が消えると、白蛾の胸元がカッと熱くなった。

「我が領域で、勝手な真似は許さぬぞ」

背後で女の声がした。先ほど頭に響いたのと同じ声だ。

「これは、孔雀の明主様」

現れたのを見ると、白蛾が本堂で出会った、あの若い女だ。

「霊堂で大人しゅうしてはるのかと思うたら、まだまだ達者なようどすな」

宗兵衛は大仰に呆れてみせる。

「ただ眠っているのも飽きたのでな。それよりも、その者は私の客人じゃ。これ以上の無礼は私が許さぬ。さっさとそこの八蜘蛛《やくも》どもを連れて、退散するが良い」

はあっと宗兵衛は大きなため息をついた。途端に、先ほどまで張り詰めていた空気が、ぷつりと途切れた。

「孔雀の明主がいてはるんやったら、こちらも手出しはできしまへん。ここは一旦引き下がりまひょ。秘龍の在り処《あか》も分かったさかい、今度会う時まで預けておく、てことでよろしゅうおます」

宗兵衛の合図で、八蜘蛛はたちまちその場から去って行った。宗兵衛は白蛾と女の前に丁寧に頭を下げると、「ほな、これで」と言った。

宗兵衛の姿が庭先から消えるのを待って、白蛾は改めて本堂の女に目を向けた。

「あなたは、孔雀の明主、と言われるのですか？」

「孔雀明王は若返りの御利益がある。妙泉寺の泉は若返りの効能があるゆえ、そのように呼ばれるようになった。私の名は、水尾《みお》という」

「祥明尼がこの寺に入られた時、大伯母がいたと聞きました。それは、あなたのことなのですね」

「生まれて百三十年を過ぎても、この姿じゃ。変化《へんげ》の力で老婆になっても、生き続けていては人も怪しむ。それに偽りの姿のままでは、私も窮屈じゃ。そこで霊堂に身を隠すことにした」

「あなたは、龍女なのですか？」

「私は、おなごの身で水守の井戸水を飲んだがゆえに、人としての寿命を遥かに超えて生きねばならなくなった。だが、私には龍女に備わっていたような、未来を見る力はない」

「ならば、龍女とは、どのような者を言うのですか？」

「生きて未来を見、死して骨となれば、望むままに未来を変えることができる。そればかりか、その骨を喰らえば、天眼をさらに超えるほどの力が得られる、というが……」

「宗兵衛は、龍眼の力と……」

「揺るぎない権力、そして不老不死……」

そう呟いてから、水尾は白蛾に視線を向けた。

「龍女の祖先は、伏羲と女媧という夫婦神であったというが、知っておるか？」

「秘龍が教えてくれました」

水尾の目が一瞬白蛾の胸元に向けられる。その口元に微かな笑みを浮かべてから、水尾は言った。

「人頭龍身の者を『神』と呼べば聞こえはよいが、その姿は、まさに怪物そのものじや」

白蛾は、その姿を頭に思い浮かべてみた。確かに怖ろしい……。

「人が人を超えることに、なんの意味がある」

吐き捨てるように水尾は言った。その言葉の裏には、明らかに悔やんでも悔やみきれない想《おも》いが感じられた。

白蛾は、祥明尼が、この寺には幽霊が出ると言っていたことを思い出した。

(この女は、生きながら幽霊となったのか……)

この世に片足だけを残して、ただ、さ迷うだけの幽霊だ。

「付いて参れ」と水尾が言った。生きているとは思えないほど、その声は寒々と響いた。

其の三

「ここじゃ」

水尾は本堂の、あの孔雀明王の絵の前に白蛾を連れて来た。

水尾の白い手が、孔雀明王の絵の胸の辺りに押し当てられる。すると、ギギギギィ……、と小さく軋《きし》む音がして、板壁の絵の掛かった部分が、後ろへと反転した。

白蛾は眼前に突如現れた闇に、ただ啞然《あぜん》とするばかりだ。

さらに水尾は、絵の前に置かれていた台の上の蠟燭立てを手に取った。ふっと息を吹きかけると、立てられていた蠟燭に明かりが灯った。

明かりに照らし出された闇の中に、地下へと続く階段が、ぼうっと浮かんでいる。

「霊堂へは、地下で繋がっておるのじゃ」

水尾は白蛾の先に立つと、階段を降り始めた。

階段は二十段ほどあっただろうか。地下に降り立った時、ひやりと肌が寒くなった。床も横壁も天井も、板壁で覆われているので、とてもここが地下通路とは思えなかった。妙泉寺の本堂が西に向いていることを、白蛾は思い出した。霊堂はその裏にある。寺の規模を考えても、さほど長い距離ではなかったが、蠟燭の明かりを頼りに行く地下通路は、永遠に続く黄泉路《よみじ》のように思えた。

「朱姫を助けてくれたこと、礼を言います」

白蛾は、前を行く水尾の背に向かって頭を下げた。

「朱姫？」

その言葉を聞き咎めるように、水尾は立ち止まった。

「そなた、秘龍をそう呼んでおるのか？」

水尾は振り返ると、不思議そうに尋ねた。

「はい、秘龍が自らそう名乗りました。以来、朱姫と呼んでいます」

「あれは、ただの易具じゃ。力は強いが道具には変わらぬ」

「ですが、あなたもその目で朱姫の姿を見たのではありませんか？」

「確かに」と言うように、水尾は頷いた。

「私も見たし、不動の明主にも見えたじゃろう。しかし、あれは影じゃ。龍女の姿形を映し出しているだけじゃ」

（よく分かっている）

白蛾は胸の中で呟いた。それでも、姿を目にし、気配に触れ、そうして、白蛾の盾となってくれた時に感じた身体は、朱姫という一人の女人の存在を、白蛾の心に刻みつけるには充分であった。

「ただの易具に、心などない。そのことを忘れるな」

忠告するように、水尾は白蛾に言った。

ふと、朱姫の言葉を思い出した。

――哀れむことはない。今の私は、ただの易具に過ぎぬゆえ――

朱姫は、ただの易具などではない。少なくとも、白蛾にとっては……。

「宗兵衛の背後にいた、あの黒装束は何者なのですか」

白蛾は、前を行く水尾に問いかけた。

「八蜘蛛衆というてな。不動家子飼いの忍びの者たちじゃ」

「彼等は『人』なのでしょうか」

まるで息すらしていないかのように、終始無言であった。彼等の力そのものよりも、その事の方が不気味に思えた。

ふいに水尾が蠟燭を掲げた。すると目前に上に登る階段が見えた。水尾と白蛾はその階段を上がって行った。

やがて板壁が現れた。水尾がその壁を押すと、先ほどと同じように壁の半分ほどが、奥へと反転した。

内部に入って、白蛾は愕然《がくぜん》とした。そこは広い座敷になっていた。無数の釣灯籠が天井から下がっている。座敷の周りは、台灯籠で囲まれていた。

衣桁《いこう》には華やかな着物が掛けられ、部屋の隅には桐箪笥が艶《あで》やかな光を放っている。書籍類の載った棚や、化粧用の鏡台などもある。ほんのりと漂って来る香は、白檀《びゃくだん》のようだ。

「ここが、あなたの居室なのですか?」

白蛾は驚いて尋ねた。

「おなごの部屋が、それほどに珍しいのか」

そう言って、水尾は呆れたように笑った。

日が差さないことを除けば、まさに姫君の部屋とでも言って良いぐらいだ。ただ、調度品と比べる物はほとんどない。そのせいか、書籍の棚ばかりが目立っていた。

「霊堂の地下に、このような部屋があることを、祥明尼は知っておられるのですか」

「祥明尼を妙泉寺に迎える前に作らせた。私にも終の棲家《ついすみか》というものがいる」

どうやら祥明尼も知らないらしい。

「食事などは……？」

なおも尋ねようとした時、水尾の手が白蛾の口を塞いだ。

「未だ死ぬことも叶わぬ身体に、食事なぞ不要じゃ」

それから、白蛾から手を離すとこう言った。

「たまに霊堂の供え物を食すぐらいじゃ。祥明尼は、狸か鼬《いたち》の仕業だと思うておろう」

さすがに幽霊が食べたとは考えないらしい。

「そんなことより、そなたに見せたい物がある」

水尾は書籍の棚に近づくと、黒い塗りの文箱《ふばこ》を取り出して来た。水尾は畳の上にその箱を置き、白蛾に座るように言った。

「これには吉備の宝が入っておる」

まるで玉手箱でも開けるように、水尾は十文字に掛けられていた紐《ひも》を解き、蓋を開いた。

白蛾は中を覗き込んだ。白い物が一杯に詰められている。真綿のようだった。

水尾は真綿の中に手を入れると、筒状の物を取り出した。筒は赤い色をしている。水尾はそれをバラリと開いた。

驚いたことに、一見、太い巻物にも見えたそれは、唐国《からくに》の古い時代の竹簡であったのだ。

紙が無かった時代には、これに文字を書いたという。竹を薄く削って作った細い板を、麻紐で繋いだ物だ。当然のことながら、白蛾が目にするのは初めてであった。

しかもその竹簡は、竹自体が赤味を帯びている。広げられたそこには、文字が書かれていたが、墨の色も薄くなり、所々剝げかけていた。

「吉備臣は、唐の国で龍女の言い伝えを聞いた。一族と思われる者たちの村を探し、そこでこの朱簡《しゆかん》を手に入れたのだ」

龍女が処刑された場所を、一族の者等はやっとの思いで探し出した。そこは竹林の一画で、龍女の血飛沫《ちしぶき》を浴びた竹が、真っ赤に染まっていた。

「どれほど洗っても、竹から血の色は落ちなかった。その竹で、彼等はこの竹簡を作った。これには龍女の持つ力と、死の理由が書かれていた。吉備臣はそれを譲り受けたのだ」

その朱簡が、吉備臣を、龍女の骨の捨てられた場所へと導いてくれた。

唐に渡り、長年その地に拘束された吉備真備は、秘龍を得て帰国した後、右大臣にまで昇った。八十年も生きたというから、当時としては長命であったろう。吉備臣の子に至っては、公卿《くぎょう》にまで出世している。それは、生来吉備臣に備わっていた天眼力と、秘龍の力によるものかも知れない。

その吉備臣と、龍女の子孫によって生み出された血脈が天見家であった。

「吉備臣の天眼力は、直系の海津地家にも引き継がれておる。ただ、天眼の強さは、人それぞれだ」

「海津地玄鳳は、どうなのですか？」

「強い。だから当主でいられる。力がなければ、一族は束ねられぬ」

確かに、玄鳳によって、白蛾は気力を取り戻せた。

「玄鳳殿の力が勝っているのならば、何ゆえ不動家が興ったのですか？」

玄鳳という男が何を考えているのかは分からない。藤弥は璃羽に、海津地家に別派が生まれた、と言った。それを許した海津地家が信用できない、とも……。

「天見家の役割は、秘龍を守ることにあったが、時には海津地家に秘龍が渡された。吉備流の秘密を嗅ぎつけようとする者もいたから、同じ場所には置けなかったのだ」

京と、吉備の本流の地である備前国を、数十年ごとに秘龍は行き来していた。

「それは、天見家と海津地家との婚姻によってなされた」

天見家に生まれた娘が、秘龍を抱いて海津地家に嫁ぎ、何代かおいて、海津地家に生まれた娘が、秘龍と共に天見家に戻って来る、という形だ。

「それゆえ、龍女の血は海津地家にも流れておる。だからこそ、不動家が現れた」

「宗兵衛の父親が、最初の不動家の当主だと聞きました」

「不動玄斎《げんさい》じゃ」

「不動家の目的とは、いったい何なのです？」

「吉備臣の本流の子孫は、長きにわたってこの国の権力者と深く関わって来た。己の運命を見るために、吉備流八卦に頼ろうとする者は多い。彼等の運命を読み解き、これを生かすことで、海津地家は存続して来たのじゃ」

権力の頂点に立つ者は、常に己の運命を知りたがる。

（朱姫の命を奪った、周の幽王もそうであった）

「この国の権力は二つに分かれておる」

幕府と朝廷だ、と宗兵衛も言っていた。しかし……。

「権力を握っているのは、将軍家の方では？」

白蛾は江戸育ちだ。朝廷の権力と言われても、今一つ納得がいかない。

「誰かが権力を握れば、別の誰かがそれを奪おうとする。それが世の習いじゃ。天下統一を果たし、この国の王のように振舞った豊臣も、秀吉亡き後、徳川にその座を奪われた。武家に政権を獲られたなら、取り返そうとする勢力が朝廷内にもある。吉備家は公卿として朝廷に仕えて来た一族じゃ。その勢力に力を貸そうと考えても不思議はあるまい」

秘龍があれば、望み通りの卦が立てられる。それは、己の未来を自ら作り出すことに等しい。

「では海津地家は、朝廷側に付こうとしているのですね」

おそらく、と言うように水尾は頷いて、さらに言葉を続けた。

「ところが、玄斎は、幕府に繋がりを求めようと考えていたらしい」

権力がどちらにあるか、海津地家も、ついに見極める時が来たのだろう。

だが、玄鳳はあくまで朝廷に拘《こだわ》った。兄弟間の争いは、海津地家を分断し、不動家を生んだ。

「玄斎の跡を引き継いだのが、息子の玄闇、つまり宗兵衛なのですね」

だが、白蛾が見た限り、宗兵衛は父親の玄斎とも考えが違っているようだ。

「宗兵衛にとっては、朝廷も幕府も何の意味もありません。まるで、秘龍を欲しがる者たちを手玉に取って、楽しもうとしているようです」

「生まれながらに、秘龍の力を目の当たりにして育ったのじゃ。人の持つ欲望になど関心はあるまい」

「玄鳳殿の力は借りれぬでしょうか？」

宗兵衛は脅威だった。水尾がいなければ、朱姫は奪われていたかも知れない。玄鳳が不動家と対立しているのなら、味方に付けることもできるのではないか……。

「期待せぬ方が良い」

ぴしりとした口ぶりで水尾は言った。

「玄鳳もまた、秘龍を欲しておる。人の欲も様々じゃが、『人を超えた力』を欲する者が一番やっかいじゃ」

白蛾は思わず胸元に手をやった。そこにひっそりと在る朱姫を想った。

誰もがその力を求める。龍女であった時も、秘易となった後も……。

——元々は、罪もないのに無残に殺された、龍女の骨どすえ。そりゃあ、この世に恨みつらみも残ってますやろ——

それを無理やり、人助けのための易具にした……。

宗兵衛が言ったその言葉が、白蛾の胸に強く迫って来る。

「今一つ、見せたいものがある」

朱筒を元の棚に戻した水尾は、襖の一つを開いた。そこには御簾《みす》が掛かっていて、その向こうに褥《しとね》があった。

水尾は片手で御簾を掲げて、白蛾に中に入るように言った。褥には、白蛾とあまり年齢の違わない若者が横たわっていた。

枕辺に広がる長い黒髪と白い肌、端正な顔立ち……。だが、その唇に血の気はない。

「この者は誰なのですか？　それに……」

生きているのか、死んでいるのか……。そう問おうとした時、水尾が言った。

「天見藤弥じゃ」

白蛾は一瞬、声を失っていた。しばらく間があいてから、やっとの思いでこう言った。

「七年前の火事で亡くなったのでは……」

そう聞いている。いや、死体は見つかっていなかったのではなかったか？

「瀕死であった藤弥は、火が回る前に、井戸に飛び込んだのじゃ」

龍女の血筋の者に、長寿と天眼力を与えるという、井戸……。

「井戸の水の中に落ちたことで、藤弥は一命を取り留めた。藤弥にとっては、炎から逃れるための算段であった」

「あなたが助けたのですか？」

「藤弥の亡き骸がないと知って、もしや、と思ったのだ。私は璃羽には知らせず、惣吉に井戸を見るようにと言った」

「ならば、惣吉さんは、藤弥さんがここにいるのを知っているのですね。しかし、璃羽さんは……」

白蛾は驚くばかりだった。

「私が口止めをしたのじゃ。救うた時から、生者か死者か分からぬのじゃ。璃羽に、その姿を見せるのは酷いと思うた。さらに今の藤弥は、七年前から年を取ってはおらぬ。璃羽には、理解できることではない」

「目覚めることはないのですか？」

するると、水尾はまっすぐな視線を白蛾に向けた。

「無くはないが、そなたしだいじゃ」

「どういうことです？」

水尾は片腕を伸ばすと、白蛾の胸元に指先を突き付けた。

「そこにある秘龍じゃ。秘龍こそが、藤弥を救うことができる」

「いったい、どうすれば良いのですか？」

問いかけながら、白蛾は必死に考えた。

（秘易を使う……。それは、おそらく……）

藤弥は白蛾を水守神社に呼び寄せた。そのために、藤弥は己の望みを朱姫に願った。

――秘易の本当の力は、人に望み通りの運命を与えることだ――

「私が願えば良いのですね。藤弥殿が再び目覚めるように……」

だが、それは、朱姫との別れを意味していた。

（それを最後に、私は秘龍の主ではなくなる）

気がつくと、水尾が白蛾を見つめていた。まるで、己の心の奥を見透かされたような気がした。

「聞かなかったことにせよ」

水尾はきっぱりと言った。

「藤弥のことは、私がなんとかしよう。それよりも、そなたはここを離れるのだ。秘龍がある限り、不動の明主は、再びここにやって来るだろう」

「私は、このまま梅岩先生の家にいて良いのでしょうか？」

宗兵衛が、白蛾の周囲にいる者に、危害を加えぬとも限らない。

「宗兵衛とて、秘易の真実を知らぬ者に手は出さぬ。何より、洛中で騒動を起こすほど愚かではあるまい。」

言われてみれば、妙泉寺もあの農家も洛外だ。

「その襖を開ければ霊堂に上がる階段がある。外に出るには祭壇の正面の扉を開けば良い。夜が明けたら、一刻も早くこの寺を去れ」

水尾はそう言って、右側の襖を指差した。

襖を開けると、廊下があった。左側には階段が見える。その階段を降りて来た時と同じ、二十段ほど登ると板壁が現れた。その壁を押すと、反転して霊堂の横に出た。

左側に祭壇があり、位牌《いはい》が幾つも並べられていた。代々の妙泉寺の庵主の位牌のようだ。おそらく、その中には水尾の物もあるのだろう。

右側に引き戸の扉があった。扉を開くと、辺りはすでに明るくなり始めている。だが頬に当たる風は湿り気を帯び、空は雨雲に覆われていた。

縁の端まで来て、はたと気がついた。白蛾は履物を持っていなかった。

踏み石の上に裸足《はだし》で降り立った。石の冷たさを足裏に感じ、今しがた見たものが、決して夢や幻でなかったことを、改めて思い知らされた。

ふと見ると、苔《こけ》に縁どられた敷石の傍らに、玉砂利を円形に敷き詰めた場所があった。両腕で円を作ったぐらいの広さだ。周りは苔石で囲まれ、その真ん中辺りから、水が湧き出ていた。

「妙泉寺の若返りの泉どす。『孔雀泉《くじやくせん》』とも言われていて、あらゆる病に効くて、近隣の者から重宝されてますのや」

男の声が聞こえた。惣吉だった。惣吉は白蛾の前に草履を置いた。

「孔雀の明主に、会わはったようどすな」

惣吉が言った。

「この寺で、水尾殿の存在を知っているのは、あなただけなのか?」

白蛾は尋ねた。

「わてはこの寺で育ちました。三歳の頃やったと思います。わては一人で明王堂にいてました。理由はよう分からしまへん。親に捨てられたか、迷子になったのか……。冬の事どしてな。わてはあの本堂で震えてましたんや」

不動明王の像は、鬼のようで怖かった。だが、外を吹き荒《すさ》ぶ風の方が、獣の唸り声さながらで、もっと恐ろしかった。

「心細うて寒うて、お母はんはいったいどこにいてるんやろ、て……」

そう言ってから、惣吉は微かに笑った。

「父親のことは、なんも覚えてまへんのや。母親と一緒にいてたことだけどす。その母親も、いったいどこへ行ってしもうたんやら。随分大きゅうなってから、母は己が生きて行くために、わてを捨てたんかも知れん、て思うようになりました」

明王堂で凍えていた惣吉を救ったのが、水尾だった。

「突然扉が開きましてなあ。女が現れましたんや。わては母親が迎えに来たんや、てそない思いました」

惣吉は、迷わず女の方へ駆け寄っていた。

「母やのうて、見たこともない綺麗な女の人やった。その女はわてを抱きしめてこう言うたんどす」

――もう案ずることはない。そなたは私が守ってやろう――

「女はわてを抱き上げると、妙泉寺へと連れて来た。それから門の前にわてを置いて、姿を消してしもうたんどす」

不安に思っていると、間もなく門扉が開いた。出て来たのは一人の尼であった。

「それが祥明尼様どした。祥明尼様はすぐにわてを中に入れると、風呂に入れて、温めてくれはったんどす」

そこには身寄りのない子供が何人もいた。祥明尼一人では大変だろうと、近隣の女たちが手伝いに来ていた。

「わては、その中に、明王堂でわてを助けた女はいないか捜しました。せやけど、見つけることはできひんかった」

八歳になった頃、惣吉は祥明尼から霊堂の世話を頼まれた。世話と言っても、毎日、祭壇を拭き清めて、供え物を置くだけだ。

「ある日、霊堂へ行くと、祭壇の前に女の人がいてました」

その女は、平然と供え物の饅頭を食べていた。

惣吉はその時のことを思い出したように、相好を崩した。

「わてはそれを咎めましたんや。それは、仏さんのお供えや。食べたらあかん」

すると女はこう言った。

――私がその仏じゃ。だからこれは私の物だ――

女はそう言うと、惣吉に饅頭をくれた。

——大きゅうなったな——

女は惣吉の頭を撫でた。その時、ふわりと良い香りが鼻先をかすめ、惣吉はあの明王堂で自分を助けた女のことを思い出したのだ。

「同じ匂いやったんどすわ。わてはほんまの母親に会うたような、なんや懐かしい気持ちになりました」

以来、水尾は惣吉にだけ姿を見せるようになり、時には、用事を頼まれることもあった。

「なんで、寺のもんは、あの女のことを知らんのやろう。子供心に不思議に思うてましたんやけどな。やがて、わてにもその理由が分かりました」

「水尾殿は、年を取っていなかったのだな」

白蛾の言葉に、惣吉はどこか辛そうな顔で頷いた。

「十五歳の時、下津井村の庄屋様の家に奉公へ出ました。そこの女中やった娘と所帯を持って、わてにも家族ができました。それが、七年前、火事で村が燃え、女房と子供は亡うなってしもうた。わては行く当ての無い璃羽さんを連れて、妙泉寺に戻って来ました」

霊堂へ行くと、そこに水尾がいた。水尾は以前のままだった。惣吉はすでに自分が水尾の年齢を追い越していることを知った。

「以来、わては孔雀の明主様の下僕《しもべ》になりましたんや」

「天見藤弥を、助けたと聞いた」

「へえ」と惣吉は頷いた。

「璃羽さんに知らせんかったことは、心から悪いて思うてます。せやけど、今の藤弥さんの姿は見せられしまへん」

年を取ることもなく、ただ眠り続ける、許嫁……。

「このまま、寺から出て行っておくれやす」

惣吉は水尾と同じことを言った。やはり子供等の身を案じているのだ。

「璃羽さんと祥明尼様には、わてから話しておきますさかい……」

「では、世話になった、と。いずれ落ち着いたら改めて挨拶に来ると、そう伝えておいてくれ」

「よろしゅうおます」と惣吉は答えた。

梅岩の家に着く頃、小雨が降り始めた。玄関口に入り、着物の袖に着いた雨粒を払っていると、白蛾に気づいたのか、竹四郎が飛び出して来た。

「先生、戻らはるんやったら、迎えに上がりましたのに……」

「何を大仰な……。子供ではないぞ」

白蛾は苦笑した。

「梅岩先生はどちらに？」

朝の講義はすでに終わっている時刻だ。

「奥座敷にいてはります」

白蛾は、さっそく梅岩の許へ行った。

「心配をおかけしました。申し訳ございません」

梅岩は白蛾の姿をじっと眺めてから、ぽつりと言った。

「元気にならはったか」

元々、病に罹った訳ではない。気力さえ戻れば、どうということはなかった。

「なんや顔色がようない。悩み事でもあるんやないか」

さすがに長く一緒にいるだけあって、梅岩の読みは当たっている。

「悩み事なら、璃羽さんの事と違いますか」

訳知り顔で、竹四郎が口を挟んで来た。

「あのお人は、それは熱心に先生の世話をしてはりましたえ」

見当違いだ、と言おうとしたが、白蛾は否定するのをやめた。

「まあ、いろいろあるのだ」とごまかして、白蛾は逃げるように二階へ上がった。

本当の事など、言える筈もなかった。

部屋に入ると、朱姫を呼んだ。

すぐに朱姫の気配がした。その髪が頬に触れるほどの距離にいるのが、白蛾には分かった。

「私は藤弥殿を助けたい。目覚めさせ、再び時を刻ませて、璃羽さんの許へ返してやりたいのだ」

白蛾の言葉を、朱姫は無言で聞いている。

藤弥が助かることを望む卦を、朱姫に立てさせれば、それで事はすべてうまく行く筈だった。

「私は、そなたを手放したくはない」

それもまた白蛾の本音であった。水尾が「聞かなかったことにせよ」と言ったのは、白蛾の想いに気づいたからだろう。

「なにゆえ、何も言わないのだ？」

これまで、朱姫が白蛾の問いに応じなかったことはない。

──私の力は、そなたの気を元にしている──

「知っている」と、白蛾は微笑んだ。

──卦を立てれば、そなたの命が危うくなる。藤弥の魂は、すでにあの世へ向かっているのだ。呼び戻すには、よほどの力がいる。私にはそなたの命を懸けることなど、到底できそうもない。いくら藤弥を助けるためであっても……——

朱姫はその言葉を残して気配を消した。

(つまり、藤弥を救うためには、命がけで当たらねばならぬのだな)

たとえ、命が無事であったとしても、藤弥を救えば、朱姫を手放すことになる。

その時、算木がカタカタと音を立て、細かく震えながら動き始めた。

上卦が陽陽陽の「乾」。下卦が陰陰陰の「坤」。天の気は上昇し、地の気は下降する。つまり、互いの気は混じり合うことなく反目するという「天地否《てんちひ》」の卦であった。

朱姫は知っているのだ、とすぐに思った。白蛾が、己の命を捨ててでも、藤弥を助けようとすることを……。そうして、白蛾にもまた分かっていた。

(朱姫は決して、私の意には従わないだろう)

第四章　☰☷天《てん》地《ち》否《ひ》

其の一

階段を上る足音が聞こえた。襖が開き、竹四郎が顔を出す。

「先生、お昼の用意が、できて……」

言いかけて、竹四郎の顔が固まった。

「どないしはりました？　そない怖い顔をして……」

怪訝そうに問われて、白蛾は無理やり笑みを作った。

「いろいろと考えることが多くてな」

その言葉に、竹四郎は納得したように頷いた。

「そうどすやろ。いろいろと大変どしたさかいなあ」

「淡路屋の方はどうなったのだ？」

「そのことどすけど」

竹四郎はストンと白蛾の前に座った。

「店のもんも気をつけてましたさかい、火付けも投火も起きてまへん。先日、妙泉寺で、札を投げ入れたのが璃羽さんやった、て事も分かりました。目的が、七年前の水守神社の火事にあるてことも……。もう、何事も起こらんさかい、安心するよう、お母はんに言うてもよろしおすやろか」

「詳しい事情を語る訳には行かぬが、誰かの悪戯であった、ぐらいは言うてもよかろう。春雲堂の小火《ぼや》は、たまたま起こったことで明王札とは関係ない、と」

白蛾の言葉に、竹四郎は安堵したのか、ほうっと長いため息をついた。

「白蛾先生が解決してくれはったから、もう大丈夫や、て言うてよろしゅうおすな」

「いずれにせよ、祇園祭りが終わる頃には、皆、明王札のことなどすっかり忘れてしまうだろう」

人の噂とはそういうものだ。放っておけば、やがて消えてしまう。長一郎の祝言は、秋と聞いていた。それまでには片も付く。

「せやけど、先生……」

竹四郎は、まだどこか不安そうだ。

「春雲堂の宗兵衛が何もんか、分からへんままどす。堺の宗兵衛を殺して名前を奪うやなんて、あの男は、盗賊の首領か何かやないどすか？　璃羽さんの家を襲うたのは、その手下どもで……」

「竹四郎、その話を戯作にしてみよ。草紙屋が喜んで買うぞ」

「先生、わては真剣に先生のことを案じてますのやで」

竹四郎は少し怒ったように頰を膨らませる。

「ありがたいと思うておる。ことに堺での話は大いに役立った」

「ほな、次は何をしたらよろしいやろか」

竹四郎は機嫌を直したのか、たちまち顔を綻ばせる。

「しばらく淡路屋へ戻って貰えぬか？」

すると、竹四郎は呆気に取られたように目を瞠った。

「わてにはもう用はないいて、そない言うてはるんどすか」

白い顔がほんのり上気している。白蛾は慌ててそれを否定した。

「そうではない。菊さんの様子に気を配って貰いたいのだ。店の皆も普段は仕事で忙しかろう。菊さんも、慣れぬ家で不安を抱えているやも知れぬ。まさか、朔治まで世話になる訳には行かぬからな。誰かが菊さんを守ってやらねば……」

「それやったら、任せておくれやす。聞けば菊さんは草紙を読むのが好きやとか。わてとも話が合いそうどすし……」

そう言えば、白蛾が破魔屋を訪ねた折にも、菊は本を読むのに夢中だった。

「あの後、朔治はんから、菊さんのことを聞きました」

竹四郎は滔々《とうとう》と語り出した。

「菊さんは、元々、水守神社の娘さんやったそうどすなあ。亡くなった神官の妹やったんや、て。その時の賊が、今度は菊さんを狙うかも知れへんのどすやろ」

誰もが、天見藤弥は、すでにこの世にはいないと思っている。遺体が見つからなかったとしても、もし生きているのなら、何がしかの噂を耳にする筈であったからだ。水尾も惣吉も、徹底してそのことを隠している。

真実を知っている惣吉は、何を思いながら璃羽を助けていたのだろうか。

(璃羽さんの家族もそうだが、惣吉の妻子も、あの火事で亡くなっている。惣吉にしても仇を討ちたいところであろう)

白蛾の脳裏に、茶店の家族の姿が蘇って来た。惣吉の妻と子は、茶店の主人夫婦と共に、冥闇《めいあん》の道を、あの世へと向かって歩いて行った。

残された者の苦悩と悲しみを、すべて忘れ去って……。

「菊さんは、泣きも笑いもせん子供やったそうどす。いっつも、部屋の片隅でじっと蹲ってはるだけやった、て……。朔治はんも、随分案じていたそうどす」

無理もなかった。菊の記憶の中で見た光景は、子供の心を打ち壊すには充分だった。

(ただ、分からないのは……)

菊に関わって来るという、藤弥の予兆だ。藤弥は菊を守るために、己の力が失われるのを承知の上で秘龍を使った。

（いったい、何を見たのだ、藤弥殿）

白蛾は胸の内で呼びかけた。藤弥を目覚めさせることさえできれば、その予兆が何か分かるであろうに……。

「ある日のことどす」

白蛾の想いを察することもなく、竹四郎は熱心に話し続ける。

「菊さんが、笑顔を見せるようになったんやそうどす」

そう言ってから、竹四郎は妙に自慢げに、「貸本屋どすわ」と胸を張った。

「言葉の力てもんは、なかなか強うおますなあ」

自ら戯作者を目指しているだけあって、竹四郎は絵草紙を褒め上げる。

ある日、貸本屋が破魔屋へやって来た。朔治が「用がない」と断ろうとした時、貸本屋はこう言った。

――そこの娘さんが、元気になるような草紙はどうどす？――

貸本屋は一冊の絵草紙を差し出した。そこで朔治は本を借りることにした。

菊はすぐに本を読み始めた。その様子が実に楽し気だった。

「それで、その貸本屋は、月に一度か二度、破魔屋に顔を出すようになったんやそうどす」

「そうか。だが気をつけてくれ。何しろ賊に狙われているやも知れぬのだから……」

不思議なことに、竹四郎の顔が急にきりりと引き締まって見えた。

その日の午後の講義が終わると、竹四郎は淡路屋へ戻って行った。さすがに夕餉の支度は自分がしよう、と白蛾は厨へ行った。だが、そこには、すでに襷掛《たすきが》けの梅岩が竈《かまど》の前に陣取っていた。

「病み上がりのあんさんのために、雑炊にしたんや」

白蛾はすっかり恐縮してしまう。

「わしはあんまり料理は得意やない。竹四郎がいてくれたら助かるんやが」

「すみません。私が勝手に竹四郎を家に帰らせてしまって……」

改めて詫びる白蛾に、梅岩は「かまへん、かまへん」とかぶりを振った。

「たまにはあんさんと二人、差し向かいで酒を飲むのもええ」

「先生、それではまるで私たちが夫婦のようです」

白蛾の言葉に、梅岩はハハッと声を上げて笑った。

「聞きたいことがあるんや」

雑炊を啜り、酒も少々入った頃、梅岩が口火を切った。

「明王札の件、いったいどないなってんのか、詳しゅう知りたいんや。竹四郎に聞いても、なんやあやふやな事しか言わへんのや」

白蛾は考え込んだ。今、白蛾の周囲で起こっていることを、いったいどこまで話したら良いのか分からなかった。

「天眼力」を持つ者たちの争いに、梅岩や竹四郎、そして朔治までも巻き込んではならない。それだけは強く思うようになっている。

璃羽もまた、宗兵衛から手を引かせなければならなかった。天見藤弥は、少なくとも死んではいないのだ。それを知れば、いくら家族を殺された恨みがあっても、軽はずみな行動には出ないだろう。

しかし、惣吉は別だった。あの時の火事で、彼の大切な妻子の命が奪われている。

そこまで考えて、白蛾はある事に気がついた。

(宗兵衛は、神社に火を放ったのは、自分ではないと言っていた)

――そないなことをすれば、秘龍まで燃えてしまいます――

ならば、何者が火を放ったというのだろうか？

それとも、運悪く灯明の一つが倒れたせいなのだろうか……。

「なんや、わしには聞かせとうない話のようやな」

普段は穏やかな梅岩であったが、急に黙りこんでしまった白蛾に気分を害したようだった。

「知らない方が、先生のためなのです。竹四郎にも真実は語っていません」

梅岩はしばらく考え込んでいたが、やがてぽつりとこう言った。

「何やら、やっかいな事になっておるようやな」

「どうも、そのようです」

梅岩に、嘘は言えない。

「わしはもう寝るわ」

梅岩は立ち上がった。白蛾に背を向けてから梅岩は言った。

「あんさんに何かあったら、悲しむもんがいてるんや。そのこと、くれぐれも忘れるんやないで」

白蛾は梅岩の背に向かって、深々と頭を下げていた。

それからの数日を、白蛾は一歩も家から出ることなく過ごしていた。頭の中にあるのは、これから起こるであろう、様々なことだ。宗兵衛は何を考えているのか、あれきり動きを見せなかった。

孔雀の明主だという水尾には、まだまだ聞きたいことがあった。その後、藤弥を救う方法が見つかったのかどうかも気になった。

しかし、水尾からも惣吉からも、妙泉寺には来るなと言われている。白蛾が秘龍と共にいる限り、寺に危険を及ぼすことを怖れているのだ。

白蛾は一条通の禁裏から、そう遠くはないという春雲堂を訪ねてみた。

客の顔をして店に入り、清水焼だという茶碗や水差しなどを、何点か見せて貰った。

明王札のせいで得意先が離れて行ったと聞いていたが、その後、徐々に客足も戻って来ているようだ。明王札の事件も、さざ波一つ立たなくなると、人の関心も薄れ、口の端にも上らなくなった。

店の者に、主人の宗兵衛はどうしているのか聞いてみたところ、嵯峨野《さがの》の別宅に籠って、悠々自適の隠居生活をしているとのことだった。

あの宗兵衛が大人しく隠遁《いんとん》する筈がない。その本性を知っているだけに、白蛾は不安を禁じ得なかった。


それは五月も二十日を過ぎた頃だった。梅雨も本番となり、雨の日が続くようになった。

雨の中を、いつものように竹四郎が白蛾の許へやって来た。竹四郎は二日に一度、菊の様子を白蛾に知らせに来る。

菊は、今では淡路屋にすっかり馴染んでいた。お勢には娘がいない。それもあってか、菊を相当可愛がっているらしい。

「何せ、うちは呉服屋どすやろ。新しい柄が入ったら、『これは、菊に似合うんやないか。これはどうやろ』て、店のもんに聞かはるんどす。『その内、花嫁衣裳《いしょう》まで用意するんやないか』て、内々では噂になってます」

竹四郎は頬を赤らめながら言った。

「菊さんに、わての嫁になったらどうや、て言うもんやさかい、こっちはまともに話もできしまへん」

竹四郎は照れたように笑った。

「それで、何か変わったことはないのか？　誰か菊さんを訪ねて来たとか」

白蛾が尋ねると、竹四郎は「朔治さんが、毎日のように顔を出さはります」と言ってから、すぐに「せや」と声を上げた。

「貸本屋が来ましたわ。菊さんから頼まれてた本を届けに来たんや、て、そない言うてました」

「よく淡路屋にいるのが分かったな」

「破魔屋の朔治さんから、聞いたそうどす」

「居場所を他人に教えては、菊さんを預かった意味があるまい」

白蛾には、何か引っかかるものがある。

「せやけど、菊さんとも顔見知りのようどしたえ。年の頃は三十歳半ばぐらいの、愛想のええ男で、駒吉《こまきち》て名前どした」

「その男の身元を知る術はないだろうか」

難しいだろうと思いつつも、白蛾は竹四郎に聞いてみた。すると、竹四郎は「あります」と、いともあっさり答えたのだ。

「わての幼馴染で、政蔵《せいぞう》て男がいてましてな。わてとは、『政ちゃん』『竹ちゃん』て、呼び合う仲どすねん」

政蔵は絵草紙屋の息子なのだと言う。

「子供の頃、よう遊びに行ってましてな。それで、わても戯作を書きたいて思うようになりましたんや」

竹四郎は、絵草紙屋と貸本屋は繋がりがあるのだ、と言った。京の貸本業者を、絵草紙屋は把握しているらしい。

「自分の店から卸してのうても、『仲間』内で調べることができるんどす」

「仲間」とは、同業者の集まりであった。京ではこの「仲間」同士の結束が強い。

「これから、政ちゃんの店まで行ってきますわ」

竹四郎は小降りになった雨の中を、傘を脇に挟んで駆け出して行った。

それから一時《いっとき》ほど経った頃、家に朔治が駆け込んで来た。

「白蛾先生はいてはりますか？」

丁度、梅岩の講義の最中だ。あまりの大声に、白蛾は急いで玄関口に出た。

「いったい何事だ？」

と、尋ねようとした矢先、よほど急いだのか、肩で大きく息を吐きながら朔治が言った。

「菊が、おらんようになりました」

一瞬、白蛾にはなんの事か分からなかった。つい先ほど、竹四郎から問題はないと報告を受けたばかりなのだ。

「昼になったんで、店のもんが交代で台所に向かった折に、菊が店番を買って出たそうで」

使用人が入れ替わる中、お勢が、菊の姿がないことに気づいた。

「お昼を食べてはるんと違いますか？」

奉公人に言われて台所へ行ったが、やはり菊の姿はない。厨にも裏庭にもいないのが分かり、お勢は、朔治の許へ急ぎの使いをやった。

どうやら、竹四郎が淡路屋を出た後のことらしい。

人の目が多いのが却《かえ》って災いしたようだ。誰かが知っている筈だと互いに思い、すっかり油断してしまったらしい。

「菊さんは、自分から出て行ったのか？」

攫《さら》われた訳ではないようだ。人目を避けていることからも、菊本人の意志が見える。

その時だった。「大変どす」と、叫ぶ声が聞こえ、竹四郎が走りながら現れた。

朔治の姿に一瞬驚いたようだったが、すぐに視線を白蛾に向けて、竹四郎は早口でこう言った。

「先生、京の貸本屋に、駒吉ていうもんはいてしまへん」

すると、白蛾よりも先に、朔治が声を上げた。

「竹四郎はん、それはどういうことどす？」

ここまで走りづめだったのか、竹四郎は苦しそうに顔を歪めている。

「せやから、駒吉は貸本屋と違いますのや」

「朔治、その男について、何か知っているのなら話してくれ」

白蛾は視線を朔治に移した。その言葉に、竹四郎は何かを察したようだった。

「菊さんに、なんぞあったんどすか？」

「淡路屋から姿を消したそうだ」

竹四郎は、茫然とした様子で朔治に目を向けた。

「話の上手い男どした」

朔治は己の記憶を辿るように言った。

「口数も少のうて、いつも暗い顔をしていた菊が、その男が来ると楽しそうに笑うんどす」

駒吉は、菊に本を貸すだけでなく、自分が見聞きした事を、面白可笑《おか》しく話すのが得意だった。

「仕事場まで、菊の笑い声が聞こえて来ました。駒吉のお陰で、菊もすっかり普通の娘のように明るうなって……。わては心からありがたいと思うてましたんや」

「駒吉が破魔屋へ来るようになったのは、いつのことなのだ」

「菊が十一歳ぐらいやったやろか。水守神社が燃えてから三年目のことどす。わての母親が亡うなったのも、その頃どした」

朔治の母親は、菊を実の娘のように可愛がった。なかなか心を開かなかった菊も、母親には懐いていた。だが、その養母もまた、菊を残してこの世を去った。

「菊は早うに二親を亡くした上に、親代わりやった兄も失い、二人目の母親も亡くしてしまいました。その後、わての父も他界しました。菊はあの若さで、人の死ばかりを見て来たんどす」

死神は、常に菊に纏わりついていた。初めて菊を見た時の明るい様子から、そのような忌まわしい影は片鱗《へんりん》も窺えなかった。明王札をきっかけに、菊の記憶を覗いた折、その傷の深さを知ったが、傷の大きさまでは測れなかった。

「先生、駒吉が、菊さんを呼び出したんやないどすか？」

竹四郎が身を乗り出すようにして言った。

「菊さんは、話術の巧みな駒吉に、何か吹き込まれたんやないどすやろか。せやなかったら、自分から姿を消したりはせえしまへんやろ」

「いったい、何を……」

朔治が、竹四郎の言葉を聞き咎めた。

「いったい、何を吹き込むて言うんや？　駒吉は菊をどうするつもりなんや」

朔治に詰め寄られて、竹四郎もすっかり困惑している。

「わてに分かる筈はおへんやろ。それより、あんさんの方こそ、血は繋がってのうても、妹なんやさかい……」

「落ち着け、朔治」

白蛾は声音を強めた。

「仮に、駒吉が言葉巧みに誘い出したとしても、菊さんを傷つけるようなことはあるまい」

白蛾の言葉に、朔治は不安を見せる。

「先生のその言葉、信じてもええんどすやろか」

「菊さんの居場所なら分かる。すぐに見つかるだろう。それよりも、駒吉の人相絵が描

ける か？」

「へえ、描けるには描けるんどすけど、さほど目立ったところのない男どした。身体もそう大きゅうのうて、せやからいうて、小さい訳でものうて」

そう言いつつも、朔治は白蛾から紙と筆を借り受けると、瞬く間に駒吉の人相を描き上げていた。

確かに、これといって目立つところはない。細面に目尻の切れ上がった目、鼻はやや長めだが、よくある顔だ。

白蛾は、初めて破魔屋へ行った時のことを思い出した。

店に入りかけて、ぶつかりそうになった男がいた。店の中では、菊が絵草紙を読みふけっていた。

「駒吉は善人の顔して、悪人やったてことどすなあ」

竹四郎が憎々し気に言い放つ。自分が騙されたことが腹立たしいらしい。

「悪人かどうかはともかく、菊さんが淡路屋を出たことに、何か関わりがあるのやも知れぬ。二人でこの男を探してみてくれ」

白蛾の言葉が終わらない内に、朔治と竹四郎は腰を上げていた。

其の二

「菊の行方が知りたいのだ。朱姫、目を貸してくれるか」

二人が部屋から出て行くと、白蛾はさっそく秘易に呼びかけてみた。だが、朱姫はいつまで待っても現れない。

「菊と離れているから、できぬのだな」

破魔屋では白蛾は菊の傍らにいた。しかし、今はどれほど遠くにいるのか分からない。菊が淡路屋を出て、まだ二時《ふたとき》ほどだ。娘の足でそう遠くへ行けるものではない筈だ。

「朱姫、迷っているのか?」

白蛾の身体を、朱姫は案じているようだった。菊の記憶に触れるために目を借りた際、白蛾の気力はかなり衰えた。ましてや今の白蛾は、病み上がりに近い状態だ。朱姫の沈黙は、白蛾の身体を気遣ってのことだろう。

白蛾は棚から、筮竹と普段使っている算木を取った。菊の向かった方角を知るためだ。やがて卦は東の方角を示した。菊は淡路屋を出てから、どうやら東へ向かったらしい。

「東に何がある?」

思わず呟いた時、いきなりドシッと身体が重くなった。背に何かが乗ったような感覚だ。全身が熱くなり、じわりと何かが溶け込んで来る……。目の前がパッと開けた。朱姫の目が開いたのだ。

次の瞬間、白蛾は菊の目に映る光景を見ていた。

そこには廃墟が広がっていた。見覚えがある。粟田口の水守神社の焼け跡だ。菊は建物跡を、一人でさ迷っていたのだ。

焼け残った、わずかな柱や崩れた屋根……。むき出しになった土台の石などが、青々とした夏草の間から覗いている。あの涸れ井戸の辺りも、すっかり雑草で覆われていた。今年は果たして花をつけたのかどうか……。躑躅の葉は、梅雨空の下でさらに緑が濃くなっている。

菊の視線は一定していなかった。右に左に揺れ、時に空を仰ぎ見たかと思えば、地に落ちる。それは菊の心の動揺を表していたが、白蛾自身は、酒にでも酔ったように気分が悪くなって来た。

「待っておったぞ」

男の声が言った。

菊の視線がグイと上がる。白蛾もまたその男の姿を目の当たりにした。

(この男は……)

白蛾は思わず息を呑んだ。海津地玄鳳だったのだ。

「おじさんは、誰やの？」

菊が不安を感じているのが分かった。無理やり勇気を振り絞るように、声を強めている。

「怖がることはない」

玄鳳は優し気な声で言いながら、首に掛かっていた数珠を外した。あの黒曜石の玉を無数に繋いだ物だ。

玄鳳は数珠を手に握り込むと、ジャラリ、ジャラリと玉を鳴らしている。

「お前に、どうしても聞きたいことがあってな。それでここへ呼んだのだ」

菊はハッとしたように周囲に視線を走らせた。どうやら、ここがどこか分かっていなかったらしい。

「うちは、淡路屋さんにいてた筈やのに……」

菊の狼狽《ろうばい》が、白蛾にも伝わって来た。耳には相変わらず、玄鳳の数珠の音が響いている。

玄鳳は一歩菊に近寄った。菊はすっかり怯えている。

「教えてくれ。七年前、この水守神社が燃えた。いったい、誰が火をつけたのだ？」

玄鳳が静かな声で言った。途端に、菊の身体が固まった。

「うちは、うちは、知らん」

菊は今にも泣きそうになりながら、かぶりを振った。

「あの火事で、この神社も下津井の村も燃えてしまった。村の者も大勢亡くなったのだ。何者が火をかけたのだ？　お前の兄を襲った賊なのか……」

「せや。あの賊や。うちは、それを見てたんや」

（違う）と白蛾は咄嗟に思った。以前、見た菊の記憶では、宗兵衛が火をかけるところは見ていない。

（いや、そうではない）

すぐに思い直した。逃げようとして菊は倒れた。その折に、明王札を手に取った。

璃羽が菊を助け起こし、外に出た時には、神社に火の手が上がっていた。

（菊の記憶から、何かが抜け落ちている）

璃羽が助けるまでのわずかの間が、菊の中から消えているのだ。

次の瞬間、白蛾の前にある光景が見えた。社の中で灯明が倒れている。蠟燭の炎が散らばっていた紙の束に燃え移った。境内では男が二人、揉《も》み合いになっている。床に菊が倒れていた。逃げようとした菊が、灯明を倒してしまったのだ。

着物の袖に火が移りかけ、菊は必死で炎を消そうとしていた。そうして……。

しだいに数珠の音が大きくなった。できることなら耳を塞ぎたい。白蛾がそう思った時だ。

突然、菊の口から悲鳴が上がった。イヤー……とも、ウワー……とも取れる声で叫ぶと、ふいに菊の意識が途絶えた。

倒れかかる菊の身体を玄鳳が抱きとめる。白蛾の視界が闇に覆われた時、玄鳳の声が聞こえた。

「命知らずだな、白蛾殿」

玄鳳には、白蛾の存在が分かっていたのだ。


「ハアッ……」

思い切り息を吐いて、飛び起きた。心の臓が今にも飛び出しそうだった。頭の奥がクラクラとして、なかなか目を開けられない。

その時、誰かに肩を摑まれた。激しく揺さぶられ、やっと両目を開くと、心配そうな梅岩の顔が間近にあった。

「梅岩、先生……」

やっとの思いで声を出したが、ひどいしゃがれ声で、とても自分のものとは思えない。

「何があったんや。どこか苦しいのか。医者を呼んだ方がええか？」

早口で問いかけて来るのを見ると、相当焦っているようだ。

「大丈夫です。もう大丈夫ですから……」

梅岩が、これほど慌てる姿を見たことがない。白蛾は申し訳なさで胸が一杯になった。どれほど心配をかけても、その理由を語る訳には行かないのだ。

「水を一杯、お願いします」

白蛾は梅岩に頼んだ。喉の渇きもひどかった。

「水やな。今、持って来るさかい……」

梅岩はすぐに部屋を出て行った。階段を駆け降りて行く足音を聞きながら、足でも踏み外しはしないか、と冷や冷やする。

白蛾は這《は》うようにして壁際まで行った。壁にもたれて座っていると、しだいに胸の鼓動も落ち着いて来た。

「お前の力を借りる度に、この様《ざま》だ」

朱姫に向かってというより、己に言い聞かせるように白蛾は呟いた。

「私は、お前の主には相応《ふさわ》しくないのやも知れぬ」

朱姫の力がどれほどのものかは分からない。あの農家で朱姫に見せられた力に、白蛾はひどく驚いた。だが、その後の己の有様から、朱姫の力と、己の命の気力とやらに繋がりがあるのが分かった。

(身が持たぬ、とは、このことなのだな)

——私が扱えぬのなら、人に渡せば良い——

耳元で、そっと吐息を吹きかけるように朱姫が言った。

「お前が望むのならば、その方が良いのかも知れぬ」

――私が望むことはない。私はただの易具に過ぎぬゆえ――

「しかし、お前は私を助けようとしたではないか？」

璃羽の家でも妙泉寺でも、朱姫は白蛾を守ろうとした。あれは自らの意志ではなかったのだろうか……。

階段を上って来る足音に、朱姫の気配がすっと消えた。梅岩が水を持って来たのだ。

「これを、あんさんに飲ませて欲しい、て……」

梅岩は竹筒を携えている。

白蛾が怪訝な思いで受け取ると、梅岩は、「妙泉寺から惣吉はんが来はったんや」と言った。梅岩も、惣吉とは妙泉寺ですでに会っていた。

白蛾は竹筒の水を飲んだ。水は甘く、冷たく、全身に沁み渡って行くようだった。

白蛾が落ち着きを取り戻したのを見て安心したのか、梅岩が口を開いた。

「孔雀泉の水やそうや。若返りの水やて、わても噂には聞いたことがある。身体が若うなれば、病にかて勝てる。せやから、病に効くとも言われとるんや。東に水守神社、西には妙泉寺。何や繋がりでもあるみたいやな」

「偶然ではありませんか？　京は水が美味なので、そのように言う者が多いのでしょう。

江戸の水は決して美味いとは言えません」

「それにしても、惣吉はんもええ所に来てくれた」

水を渡しただけで、すぐに戻って行ったらしい。おそらく、惣吉をよこしたのは水尾なのだろう。

孔雀の明主には、白蛾の身に何が起こっているのか分かっているようだ、そう思っていた時、梅岩が懐から何かを取り出した。

「これも白蛾先生に渡してくれ、て、そない言うてはったんやが……」

見ると、文のようだ。

「一遍、ちゃんと医者に診て貰うた方がええんやないか？　顔色は良うなったが、最近のあんさんは、なんや様子がおかしい」

「少し無理が祟《たた》ったようです。孔雀泉のお陰で、すっかり元通りになりました」

白蛾は言ったが、梅岩はあまり納得してはいないようだ。

「竹四郎が、何やら騒いでいたようやが……」

「すみません。講義の邪魔をしてしまいました」

白蛾が詫びると、梅岩は「せやない」とかぶりを振る。

「なんや、誰ぞおらんようになったて言うてたが……」

「いえ、ご心配はいりません。当てがありますので、すぐに見つかります」

白蛾はすかさず答えた。

「それやったら、ええ。若いから言うて、無茶はあかん」

梅岩は忠告しかできない自分が歯がゆいのか、不機嫌そうな顔で部屋を出て行った。心の中で梅岩に詫びながら、白蛾は急いで文を開いた。やはり差出人は水尾だ。白蛾に会いたい、という旨が書かれてある。

孔雀泉の効能なのだろうか、白蛾の鼓動も平静を取り戻している。

菊を呼び寄せたのは、海津地玄鳳だった。考えてみれば、天見と海津地の縁は深い。玄鳳は、当然、菊の存在を知っているだろう。

玄鳳は菊をどうするつもりなのだろうか？　白蛾は朱姫の目によって、水守神社が炎上した経緯を知った。

菊が灯明を倒したせいで、火災が起きた。それは、八歳の菊には耐えがたい経験だったに違いない。村が焼け、多くの命が失われた。その中には最愛の兄もいる。

最初、破魔屋で菊の記憶に入った時にも、菊が倒れる場面の一部が、プツリと切れていた。考えてみれば、璃羽に助け起こされるまで、幾分時間があった筈だ。

菊は逃げることで頭が一杯だった。記憶が途切れたのは、菊の頭が混乱していたせいだと白蛾は考えていた。しかし、むしろ、菊自ら、己が火事のきっかけを作ったことを、その記憶から消し去ってしまったのかも知れない。

（いったい、何ゆえ玄鳳は……）

菊にとって苦痛でしかない記憶を、呼び覚ましたりしたのだろうか……。

白蛾は、改めて手の中の文に視線を落とした。なぜか、水尾が答えを知っているような気がした。

水尾には菊が行方知れずになったことも、白蛾が朱姫の力を借りたことも、すべて分かっていた。だからこそ、惣吉に水を届けさせたのだろう。

白蛾は急いで階下へ降りた。「出てきます」と断ると、梅岩は呆れたような顔をした。無理もない。部屋で倒れてから、まだ幾らも時は経っていないのだ。

雨模様で外は暗かったが、傘を手にした塾生らが、次々にやって来ていた。夕七つ、申《さる》の刻から始まる講義に出る者たちだ。終わるのは暮れ六つ。それまでには戻ります、と言ったが、梅岩の不安気な表情は消えることはなかった。

水尾は、車屋町通の梅岩の家から東へ向かった先にある、高瀬川沿いの小さな宿で白蛾を待っていた。

案内された二階の一室は、廊下を挟んだ西側にあった。障子を開くと、水尾が窓辺にもたれて外を眺めていた。白蛾が宿に入る少し前に、小雨が降り出していた。高瀬川の端の柳が銀色を帯びている。

荷物を積んだ三十石舟が、丁度対岸に着いたところだ。

三条通からまっすぐ東へ来て、橋の手前で樵木町通《こりきまちどおり》を上がった所に、その宿はあった。

川向には山内《やまうち》氏の京屋敷がある。

白蛾が部屋に入ると、案内して来た女中が「どうぞごゆっくり」と言って障子を閉めた。女中は終始伏し目がちだった。どう見ても、ここは宿というよりは出逢《であ》い茶屋だ。

二人きりになると、水尾はその顔を白蛾に向けた。

「あなたにはいつも驚かされます」

白蛾は水尾の前に腰を下ろした。水尾は髪を島田髷に結っている。改めて見ると、年の頃は、二十五、六歳といったところか。地味な着物ではあったが、唇と目元にほんのりと差した紅が艶っぽい。

「これでは、まるで逢瀬《おうせ》でもしているような……」

困惑しながら白蛾は言った。老尼や、孔雀の明主の姿を知っていなければ、惑わされていたかも知れぬ、と胸の内で苦笑する。

「たまにはそれも良かろう」

水尾は白蛾の方へにじり寄る。

「御冗談を……」と、白蛾は笑った。

「私では不服か？」

どこか、からかうような口調で水尾は言う。

「孔雀の明主様は、私にはあまりにも恐れ多い御方ですゆえ……」

白蛾はかぶりを振ってから、視線をまっすぐに水尾に向けた。

「それで、私をここへ呼び出した理由は……？」

ふっと水尾は鼻先で笑った。

「しかも、かような所に……」

場所が場所だけに、白蛾はなんとなく落ち着かない。

「密会には良い場所だ。人の目に付き難く、店の者は口が堅い」

「ならば、ご用件は？」

即座に尋ねると、水尾はわずかに不満そうな顔をした。

「そなた、つまらぬ男じゃな」

「周りの者から、よくそう言われます」

「用件を言おう」

水尾の声音が急に冷たくなった。

「秘龍を渡せ」

水尾の刃のような目が、白蛾に突き刺さる。

「秘龍の力を使う度、そなたの気力は衰える。このまま続ければ、やがて生死にも関わるだろう。秘易を一刻も早く手放し、この件から手を引くのじゃ」

「やはり、藤弥殿を救う手立ては、この秘易だと言われるのですね」

「他に方法はない」

水尾はそう言って、視線を落とした。

最初から、秘易を使うことが唯一の方法だったのだ、と白蛾は改めて思った。

水尾は他にも手立てがあるような言い方をしたが、それは、白蛾が心を決めるまで、猶予を与えただけなのだろう。

白蛾が秘易を他者に委ねるのか、それとも、己自身で使うのか、どちらかを選ばせるために……。

「私が藤弥殿を救います」

強い決意を込めて、白蛾は言った。

「藤弥殿を救うことを望めば、秘龍がそのための卦を立てる。それで、藤弥殿の運命が変わり、目覚めることも、本来の時を戻すこともできる。秘龍があれば藤弥を救える、妙泉寺の霊堂で、あなたは私にそう言いました」

「確かに言うた。しかし、秘龍を使うのは、そなたでなくとも良いのだ。私に譲ってくれれば、私が藤弥のための卦を立てさせる」

「それには、命に関わるほどの気力がいるのでしょう？」

白蛾は声を強めて言った。

水尾はしばらくの間、白蛾を見つめていたが、やがて、「そうだ」と言うように頷いた。

「ゆえに、そなたは手を引け。秘龍は私が使う。私は、すでに充分過ぎるほどの時を生きた。残る命を引き換えにして、藤弥が救えるならば、本望というものだ」

水尾の強い口ぶりに、白蛾は思わず言葉を失っていた。

水尾は並ではない人生を送って来た。長い時を生きれば、悲しみや苦しみに費やす時間は通常よりも何倍も多く、さらに深くなる。その辛く過酷な旅を終えることを、水尾という女は幾度願ったのだろうか。

――秘龍を渡せ――

白蛾に言ったその言葉には、藤弥だけでなく、己もまた救いを求める想いが籠められていたのだ。

「あなたには、孔雀の明主としての役割があるのでは?」

白蛾は、しばらく考え込んでからそう言った。

「それに、あなたを失えば、悲しむ人もいます」

他ならぬ、惣吉だ。

「惣吉さんにとって、あなたは母親同然ともいえる人です。惣吉さんだけではない。あなたは、あの妙泉寺で、幾人もの子供の母として、これまで生きて来られたのではありませんか」

水尾は押し黙ったまま、白蛾の言葉を聞いている。やがて、水尾の視線は、行き場を求めるように窓の外へと向けられた。

「母には、なれなかった」

ふいに水尾はぽつりと言った。

「それは、いったい、どういう……」

戸惑いを覚えて問い返した時、水尾はまっすぐに白蛾を見て、にこりと笑った。

「そなた、見かけによらず頑固じゃな」

「ええ、まあ……、そうかも知れません」

白蛾は首を傾げながら言った。水尾の本心が分からない。しかし、どうやら水尾は、藤弥のことを白蛾に任せる気になったらしい。

「そなたが覚悟を決めているならば、もはや何も言うことはない」

「力を尽くします」

と言ってはみたが、一抹の不安はある。

（朱姫を説得できれば良いのだが……）

あるいは、水尾に委ねれば、朱姫はすんなり従うのかも知れない。

それには、白蛾が望めば良いだけだ。

――朱姫、この後は水尾殿に従え――

その一言が言えないのは、白蛾自身が朱姫と離れたくないからだ。

(いや、違う)

すぐに思い直した。

(朱姫が、それを望んでいるからだ)

なぜか、そう思える。白蛾にとって、朱姫はただの易具ではない。だが、この後、別の誰かの手に渡れば、朱姫はずっと八卦見の道具として扱われる。それが白蛾は耐えがたい。

「ところで、菊という娘だが……」

考え込んでしまった白蛾の前で、いきなり水尾がその名前を口にした。

「今、妙泉寺におる」

水尾は白蛾の顔を窺うように見た。

「菊さんは、海津地玄鳳が連れて行った筈です」

白蛾は驚きを隠せなかった。

「菊の身に、何があったのですか?」

あの水守神社の焼け跡で、玄鳳は菊の記憶を呼び起こした。

「天見家に生まれた娘に、水守の井戸を使わせない理由を、そなたに話したであろう」

静かな口ぶりで水尾は言った。

「その水を飲んだ天見の男たちは、天眼の力を高めることができる。しかし、女人が飲めば、人とは違う力を得てしまう」

「吉備臣は龍女の血を一族に入れることで、再び龍女を生み出そうとしたのではなかったのですか？」

何やら矛盾している。

「人の身であるからこそ、天眼力は役に立つ。人の身を失ってまで得る力を、吉備臣は求めた訳でなかった」

人としての生を全うできない身体を持つ者は、妙泉寺の初代庵主と、私だけで充分じゃ、と、水尾はその声音に悔恨を滲《にじ》ませる。

孔雀の明主とも呼ばれる水尾の持つ力は、ただ不老と変化の力だけではあるまい。

（龍女のような未来を見る力はない、と言うていたが……）

「八卦で人の運命を読み解くのと、未来を見るのと、どう違うのですか？」

白蛾は水尾に尋ねた。これまで、そのようなことは考えたこともなかった。運命とは、人それぞれに定められたもの。その先に決められた未来がある、そう思っていた。

「乾、兌、離、震、巽、坎、艮、坤……。言うまでもなく、これが八卦じゃ」

厳かな声で水尾は言った。

「天、沢、火、雷、風、水、山、地」と、白蛾は呟く。

脳裏に、初めて朱姫と出会った日の光景が、ありありと蘇って来た。赤く燃えるようだった躑躅の花の群れと共に……。

「八卦とは森羅万象を表す。人もまたその一部。ゆえに人の運命は、八卦を読み解くことで知ることができる。だが、八卦だけがこの世のすべてではない」

白蛾には、水尾の言葉の意味がよく分からなかった。八卦こそが、この世を構成するすべてだと考えていたからだ。

「『時』じゃ」と、水尾は諭すように言った。

「八卦に『時』が加わってこそ、『この世』は成り立つ。時が八卦を支配してこそ、未来が決まる」

「つまり、運命を読み解いただけでは未来は見えぬ、と、そう言われるのですね」

水尾は大きく頷いた。

「どれほど天眼に通じていても、『時』を見るのは難しい。龍女ならばそれができる。私にはそこまでの力はない。それどころか、その『時』に苦しめられておる。初代庵主も、おそらく同じであっただろう」

水尾は再び視線を窓に向けた。半開きの障子の向こうは、強さを増した雨で柳の緑色が溶けて行くようだ。

水嵩《みずかさ》を増した川では、岸に繋がれた舟が波に翻弄されている。

「龍女の骨である秘龍にも、時を操る力がある。それは、未来を望むままに変える力でもあるのだ」

「龍眼……」

白蛾は思わず呟いた。

秘龍の骨を食せば、その力が得られる……。宗兵衛はそう言った。

底なしの人の欲は、いったいどんな未来を、この世に創り出そうというのだろう？

富や権力だけでは飽き足らず、永遠の栄華と、そして不老不死……。

「龍眼の力を得ることは、神の技を持つに等しい」

水尾が静かに言った。

「しかし、神の技を持っても神にはなれぬ。ただ人ではなくなるだけじゃ」

「人の欲に利用されぬうちに、秘龍をこの世から消し去れ、と、あなたはそう思うておられるのですね」

水尾はじっと白蛾を見つめていた。

「水守神社の廃墟で、玄鳳は菊さんに何かを思い出させようとしていました。あの火事は菊さんが原因です」

改めて口にしようとすると、胸が苦しくなった。菊が自ら心の底に封じ込め、必死で忘れようとした記憶は、あまりにも痛ましいものだった。

白蛾は、水尾に朱姫の目を借りて見た、菊の記憶の断片を語った。

燃え広がる炎の中で、菊は祭壇に置かれた水盤を見ていた。水盤の中には並々と水が湛《たた》えられている。菊はその水盤を取ろうとした。だが、子供の身に、それはあまりにも大きすぎ、次の瞬間、菊は頭から水盤の水を被ってしまった。

そこまで語った時、白蛾はハッとした。

(そうか、水だ)と、咄嗟に思った。

「もしや、水守神社の祭壇には、井戸の水が供えられていたのでは？」

「いかにも。あの水そのものが御神体なのじゃ。ゆえに、毎朝、汲みたての水が祭壇に祀られる」

菊は火を消そうとし、水を飲んでしまった。それは、天見の娘が決して飲んではならない、秘龍の水だった。いや、飲んだだけではない。全身に浴びてしまったのだ。

「菊は真《まこと》の龍女となるやも知れぬ。井戸に落ちた藤弥でさえ、あの姿なのだ。おそらく私とは違うだろう。玄鳳はそれを確かめようとしたのじゃ」

「菊も、あなたや藤弥のように不老の身体になるのですか？」

すると、水尾は険しい顔を白蛾に向けた。

「そもそも真の龍女ならば、秘易などは不要じゃ」

白蛾は思わず声を失っていた。

「菊がその時の記憶を忘れているならば、龍女の力も、これまで通り眠ったままだ。しかし、記憶が蘇えれば、菊は龍女として覚醒する。玄鳳は菊に力があることを確信した。それゆえ、菊を封印するために眠らせたのだ」

菊のことは、海津地玄鳳に任せよう、と水尾は言った。

「信じられるのですか？」

白蛾は問いかけた。未だ本心が分からない男だ。それに、玄鳳は、秘龍を朝廷に渡すかも知れないのだ。

「玄鳳殿とは、すでに話がついておる。天見家と同様、海津地家もまた、秘龍の存在を世に知られることは避けたいと考えたようだ。玄闇のような男が現れたのだ。そう思うのは当然であろう」

「玄闇……、宗兵衛ですね」

水尾は頷いた。

「私がそなたに会うのに、なにゆえこの場所を選んだか分かるか？」

急に話題を替えられ、白蛾は戸惑いを覚えた。

いつしか雨は小降りになっていた。柳の枝葉が、雨粒を吸って重そうに垂れている。

川の流れも緩やかになり、繋がれている舟の揺れも収まっている。

「この川から、舟は大坂へと向かう。大坂からは江戸へも海の道が繋がっておる。昔、私はこの部屋から一人の男を見送った」

「その方は、あなたの想い人だったのですか？」

興味を覚えて、白蛾は問いかけた。考えてみれば、人よりも長く生きている水尾に、浮いた話の一つや二つ、あってもおかしくはない。

水尾は横目で軽く白蛾を睨んだ。その目元がほんのりと染まっている。

「男は江戸から来た若い学者であった。妙泉寺の孔雀泉の噂を聞いて、わざわざ訪ねて来たのだ」

「まさか、水を飲みに？」

ふふ、と水尾は懐かし気に笑った。

「おかしな男であったな。京は水が美味じゃ。どうせなら、美味い酒でも飲めば良いものを……」

「酒が苦手な者もおりましょう。私の父もそうでした」

――身も心も洗われるようです。頭がすっきりと冴え渡る。私は江戸から来た儒学者です。また、ここの水をいただきに参りたいのですが――

水尾が差し出した柄杓の水を飲み干して、男はそう言った。

「それから、男は度々妙泉寺を訪れた。いつしか、私も男を待つようになった」

「ですが、あなたは尼の姿だったのでは？」

「男は私が近隣の村の女だと思っていた。当時も孤児の世話をしていたので、若い娘が手伝いに来ることもよくあったのじゃ」

やがて二人は互いに愛し合う仲になった。だが、男はいずれは江戸に帰る身であった。帰れば、師の娘との祝言が待っていた。

「京にいられるのは四年。その間、私たちは町屋を借りて、夫婦のように過ごした。出《で》会《お》うて一年後には子も産まれた」

「あなたは、母になられたのですか？」

思わず声を上げていた。水尾は心外だと言う顔をする。

「私が母になってはおかしいのか？」

「いえ……。ただ、あなたは尋常の女人では……」

白蛾はすぐに言葉を呑みこんだ。さすがに無礼だと気がついたのだ。

「年を取らぬ。いや、人よりも年の取り方が緩やかなのだ。ゆえに、いつまでも夫婦ではおられぬ」

京を去る時、男は水尾と子供を江戸に連れ帰ろうとした。だが、水尾はそれを受け入れなかった。

「子供は三つになっていた。もはや乳もいらぬ。江戸で待つ女人が、もし許してくれるのなら、子供を委ねたいと私は言ったのだ」

「相手の方は、あなたの抱える事情を知らなかったのですか？」

水尾は静かにかぶりを振った。

「知っていれば、江戸で家族として暮らそう、などとは言わぬ」

「その方は、許嫁との婚姻を、破談にしようとしたのですね」

「たとえ妾腹《しょうふく》の子でも厭《いと》わぬ女人ならば、大切に育ててくれるだろう。だからここで、私は男と我が子を見送ったのだ」

（妾腹の子……）

その言葉が、白蛾の胸にザワリと響く。

「学者の名前は、なんと言われるのですか？」

妙にその男の名前が気にかかる。

白蛾を見る水尾の眼差しが、優しく溶けたような気がした。水尾はそっと片手を白蛾の頰に当てると、「忘れてしもうた」と言った。

「私のように長く生きておるとな。関わった者をいちいち覚えてはおられぬ。そなたが江戸から来た者ゆえ、思い出しただけじゃ」

「先ほど、あなたが言った言葉は？」

――母には、なれなかった――

そう水尾は言ったのだ。

「私は確かに惣吉のような子を、幾人も育てた。だが、一番育ててやりたかった我が子を手放したのだ。できることならば、最期まで、その子の母でいたかった。そういう意味だ」

それから、水尾は白蛾に目を向け、静かに微笑んだのだった。


表に出るとすでに雨が止んでいた。三条通に出たところで、水尾を迎えに来たらしい惣吉とすれ違った。互いに目礼をしただけで別れたが、惣吉も璃羽も、下津井村の火事が、菊の起こしたものであったことを知っているのか気になった。

今は菊の身が心配であった。龍女がどのようなものか、聞いただけでは見当もつかない。

（藤弥が予兆したのは、菊が真の龍女となることだったのではないか）

白蛾の中に確信めいた思いが浮かんだ。藤弥はそれを避けようと、白蛾を呼び寄せたのだ。

しかし、白蛾には、どうやって菊を救えば良いのか分からない。

（藤弥さえ目覚めれば……）

天見藤弥がいれば、菊を救う手立てを聞けるのかも知れない。

ふと、白蛾は、水尾が手放したという子供のことを思い出した。

白蛾は実母を知らないままだ。自分が妾の子だと知ったのは、父の祐勝が亡くなる時だ。

養母の名は多紀《たき》といった。血の繋がりがなくとも、実の子として育ててくれた多紀に孝養を尽くせ、それが父の最期の言葉だった。

我が子を手放した水尾の選択は、やはり正しかった、と改めて思った。母親よりも先に子が老いて行くのだ。それは明らかにこの世の理から外れている。

(秘龍は、この世にあってはならぬ物なのかも知れぬ)

それは、森羅万象、八卦の調和を乱しかねないからだ。

(秘龍は、この世から消滅させた方が良いのかも知れない)

それがいかに辛いことか、白蛾は身に沁みて感じていた。

其の三

日はすっかり落ちていた。暮れ六つはとうに過ぎている。

梅岩の家に戻って来た白蛾は、家の中が妙に賑やかなことに気がついた。豪快な笑い声が奥の座敷から聞こえて来る。

その時、玄関先で、酒徳利を抱えた竹四郎と出くわした。

「あ、先生、お帰りやす」

「客でも来ているのか？」

奥座敷にちらと視線を向けて、白蛾は尋ねた。

「梅岩先生の知り合いの学者はんやそうどす。江戸から来はったとか……」

竹四郎は酒肴《しゅこう》の用意を頼まれたらしい。

「手伝おう」と白蛾が言うと、竹四郎はかぶりを振った。

「料理は仕出しを取りました。酒が足りひんので、買いに行ってきます。せやけど、熱《あつ》燗《かん》の酒しか飲まへんて言わはるんどす。なんやうるさい客どすわ」

「この時節に熱燗か？」

白蛾が呆れたように言うと、竹四郎も同意するように頷いた。

「そうどっしゃろ。こない蒸し暑うなって来てるていうのに……」

酒は真夏でも熱燗に限る、という男を、白蛾も一人だけ知っている。

「白蛾先生ともお知り合いやそうどす。帰って来はったら、座敷に顔を出すように、て梅岩先生が言うてはりました」

早口でそう言うと、竹四郎は慌ただしく表へと走り出して行った。

白蛾はすぐに奥座敷へ向かった。

廊下側の簾《すだれ》が巻き上がっていたので、すぐに男の姿が目に入った。中庭を眺めながら、男は梅岩と向かい合わせで座っている。膳には、いかにも仕出しらしい料理の皿が載っていた。

梅岩も張り込んだようだ。鮎《あゆ》や鱧《はも》など、なかなかに豪勢だ。酒は好きだが量は飲めない梅岩が、盃《さかずき》を舐《な》めるように飲んでいるのに対して、男は手酌で一気に空けている。

中肉中背、肩幅の張ったどっしりとした身体つき。顔は角ばっていて、太い眉が意志の強さを表している。鼻も口も大きく、声は低く通っている。常に自信に満ち溢れ、この世に怖いものなどないようだ。その態度は、人によっては嫌味になるが、白蛾からすれば、堂々としていて羨ましくさえあった。

年齢は、今年で四十三歳。青木文蔵《あおきぶんぞう》という学者で、儒学、本草学、蘭学と幅広い分野で活躍している。昨年、幕府の書物奉行についたことを知らせる便りが届いていた。

若い頃、京の伊藤東涯《いとうとうがい》の許で学んだことがあるらしい。石田梅岩とは、京にいた頃に知り合ったと聞いている。白蛾の父、祐勝とも交友があり、その伝手《つて》で、白蛾は梅岩を紹介して貰ったのだ。

「御無沙汰しております」

と、白蛾は青木に挨拶をした。

「元気そうで何よりだ。今、お前さんの暮らしぶりを聞かされていたところだ。相変わらず男っぷりが良いが、未だに所帯を持つ気はないらしいな」

早く入れと言わんばかりに手招きをして、青木は白蛾の前に盃を突き出した。

「お前さんを相手に飲むのも、久しぶりだ」

「こちらへは、どのような御用で来られたのですか？」

幕府お抱えになった限りは、ただの物見遊山とは到底思えない。

「紀州藩より、幕府の御文庫に納めたい書物がある、との申し出があってな。文書の選別を命じられたのだ。せっかくなので、梅岩殿とお前さんの顔を拝んで行こうと思い、こうして立ち寄った」

青木は声を上げて笑った。

「今年の秋には、甲斐《かい》や信濃《しなの》の古文書探しに向かう。冬には長崎で阿蘭陀語《おらんだご》を学んで来るよう、上様から命じられておる」

「吉宗公自ら重用されるとは、学者冥利に尽きるてもんや」

梅岩は、十歳以上も年下の友人の出世を、心から喜んでいるようだった。

（私もかつては、そんな時期があったな）

儒学者として身を立て、いつか、幕府で重用される人材になること。国の根幹に関わる仕事をすることこそが、学者を志した者の本分だと……。

（あれから、何十年も経ったような気がする）

京へ来て、まだ三年しか経っていない。それなのに、青木の存在すら、もはや遠いものになっている。

「少し話せぬか？」

それは、梅岩が酒に酔ってうとうとし始めた頃だった。竹四郎も疲れたのか、柱にもたれて居眠りをしている。

「宿はどちらです？」

白蛾は尋ねた。

「しばらく、土岐《とき》家の屋敷で世話になる」

と、青木は答えた。

「土岐家といえば、所司代様の？」

今の京都所司代は土岐丹後守頼稔《たんごのかみよりとし》だ。

「一応、公用なのでな。堀川屋敷の一室を借りた」

堀川の西側に二条城がある。その北側に、所司代堀川屋敷、所司代屋敷、中屋敷が並び、さらに二条城の北西に広大な所司代下屋敷が建っていた。

青木は「お前さんの部屋へ行こう」と白蛾を促した。

「学者は辞めたのか？」

白蛾の部屋に入るや否や、ぐるりと内部を見回して青木は言った。

確かに、今では易学に関する本の方が多い。

「易経は儒学でももっとも重要な物だ。それを考えると、さほど方向が変わった訳ではないようだな」

「御用件は？」

白蛾はさっそく問いかけた。わざわざ場所を変えたのだ。世間話で終わる話ではないのだろう。

「お前さんが易を始めたというので、もしや、と思うてな」

どっかと胡坐をかいて座ると、青木はじっと白蛾の顔を見つめた。

「秘易、という物を知らぬか？」

あまりにも唐突だった。白蛾はすぐには返答ができないでいた。

「吉宗公は古文書を好まれる。古い時代に書かれた物を読むと、思いも寄らぬ話に出会うものだ。それが、まるで宝探しのようで面白い、と……」

「秘易、というのは、いったいどのような物なのですか？」

胸の動悸《どうき》を抑えながら、白蛾は尋ねた。

ううむ、と青木は考え込むように腕を組んだ。

「何やら、『不老長寿』だとか、『不老不死』だとかの秘薬に関わる物らしい」

「そのような話を、吉宗公は、いったい、どのようにして……?」

「吉宗公は御庭番を抱えておる。彼等は上様直々に命を受け、各藩の内情を探る隠密役の者たちだ。その中の備前国にいた者からの報告だ。大和国に都があった時代に、吉備真備という学者が、唐から持ち帰った易具があるという。吉備臣は、絵巻などで何かと不思議な話が伝えられている人物だ。私からすれば、子供の読む草紙の類だが、上様はひどく関心を持たれた」

白蛾は、妙泉寺で会った宗兵衛の言葉を思い出した。

――「不老不死」とはいかへんまでも、長う生きれば将軍職に……――

――肝心の御嫡男の家重様……何やら病を……――

――……家重様に秘龍の骨を飲ませれば……――

「調べてみると、その話は、禁裏の文庫内からも見つかった。吉備真備は、当時右大臣にまで出世した人物だ。何がしかの記録が残っていても、不思議はあるまい」

もし存在するとすれば……、と言いながら、青木は白蛾の顔を覗き込んで来る。

「備前国の、吉備氏の一族が秘匿している筈だ」

そこで、青木は大きくかぶりを振る。

「ところが、子孫が分れて姓が変わったらしく、なかなか本流に辿り着けなかった。それが、五年ほど前、京に秘易を守る家があるとの話が隠密からもたらされた」

それが粟田口にあった水守神社の社家だ、と青木は言った。

「しかし、その神社は火災に遭うて、すでになくなっていた」

「では、それきり秘易の行方は分からないのですね」

公儀が関わって来るとなれば、実にやっかいなことになる。

「それで終わり、という訳には行かぬだろう」

呆れたように青木は白蛾を見た。

「吉宗公にとっては、『不老長寿』の秘薬ならば、是が非でも手に入れたいところだ。いずれにしても、事の真意を確かめねばなるまい」

「易具が秘薬になるなど、容易には信じられませぬ」

吉宗にどこまで知識があるのか、白蛾は、それを知りたかった。

「なんでも龍の骨で作られた物だそうだ。龍骨は、大昔の龍の骨が地中で石のようになった物で、心の病などに用いられる清国の石薬《せきやく》だ。吉備臣が唐から持ち帰ったというなら、それもあり得る話だ。しかし、不老長寿に効能があるならば、ただの龍骨ではなく、まさに秘薬そのものと言えるだろう」

「公儀は、今も探し続けているのですか」

「手掛かりは得ている」

青木は語気を強めて言った。

「御庭番の中に、秘薬方が作られた。飛馬勘蔵《ひばのかんぞう》という男が探査の任に当たっている」

「その手掛かりとは？」

「勘蔵は火事から一年ほど後に、水守神社の生き残りの娘を見つけた。以来、その娘を見張っていたらしい」

（駒吉だ）と白蛾はすぐに思った。飛馬勘蔵が、駒吉なのだ。菊の失踪に駒吉が絡んでいると知って、てっきり玄鳳側の人間だと思い込んでしまった。

「何ゆえ、あなたはその件に詳しいのですか？」

旧知の間で世間話でもするように、本来は秘密裏であるべき公儀の動きを、青木は平然と白蛾に聞かせている。その理由も分からない。

「私にも秘薬探査に加わるよう、吉宗公より命が下った。今後は勘蔵と行動を共にする」

「それは、いつまでですか？」

「秘易を手に入れるまでだ」

当然だろう、と青木は答える。

「そのような大事を、なぜこの私に？」

すると青木は急に真顔になった。

「お前さんが易を始めたことは、梅岩殿の文で知っておる。なんでも粟田口にあった、火災に遭うた神社から、古い易具を持ち帰ったとか……」

梅岩と青木が、たまに文のやり取りをしていることは知っていた。

「何かの骨で作られた、変わった易具とのことだった。お前さんが易学に関心を持ったのも、その易具を手に入れてからだ、とも書いておられた」

白蛾は無言で青木を見つめた。

「もしや、その秘薬の元となる『秘易』とやらを持っているのではないのか？」

そのための来訪であったのだ、と白蛾は確信した。青木は、最初から秘易が白蛾の手にあることを知っていたのだ。

「ごまかさずとも良い。正直に話してくれ」

青木は懇願するように白蛾に言った。

「私が持っていれば、どうなさる。公儀を差し向けて、無理やりにでも奪うおつもりですか？」

もはや、誰が敵で誰が味方なのか分からなくなった。いや、秘龍を手にしている限り、誰もが敵になり得るのだ。

「祐登よ」

青木が、宥めるように白蛾の本名を呼んだ。

「誤解するな。私はお前さんを助けたいだけだ」

青木は熱意を露わにして身を乗り出した。

「私を助けたい、とは、どういうことです？」

自分でも棘《とげ》のある口ぶりだと思う。

「お前さんが持っていると分かれば、勘蔵は本気で奪いに来るぞ。勘蔵の配下は『飛馬組』と言うて、御庭番の中でも刺客を本分とする。ゆえに、お前さんを殺してでも手に入れるだろう。いや、事はそれだけでは済まぬ。梅岩殿も、あの竹四郎という若者も、お前さんと関わったというだけで、消されてしまうやも知れぬ」

（やはり、そうか）

わずかな行灯の明かりに、青木の真剣な顔が浮かび上がる。話の内容は確かに深刻であったが、白蛾はこの時、別のことを考えていた。

それは、海津地玄鳳が、菊を連れ去った本当の理由だ。

「駒吉」と名乗って菊に近づいていた男は、勘蔵という公儀の隠密であった。白蛾は宗兵衛から守ることしか考えていなかったが、菊はすでに勘蔵の手中にあった。

明王札の騒ぎも、いつしか収まっていた。本来ならば、町方ももっと粘る筈だ。京都所司代が止めたのだとすれば、今後は公儀が裏で動き始める。

（そうなる前に、玄鳳は菊を隠そうとしたのだ）

どうやら青木は、秘易の本当の力をまだ知らない。不老に加えて、望む通りの未来が得られるとなれば、秘易の価値はさらに高まる。

不動の明主が公儀に取引を持ち掛ければ、吉宗にすべてを知られる。そうなると、白蛾は、八蜘蛛衆という得体の知れぬ配下を持つ宗兵衛と、飛馬勘蔵なる隠密を相手にしなければならなくなるのだ。

淡路屋の存在も、すでに勘蔵に知られてしまった。

「私は、お前さんの手で、吉宗公に秘易を献上せよ、と言うておるのだ」

青木の言葉が、白蛾の耳には空々しく響く。

「そうすれば、お前さんも、幕府お抱えの学者として出世できよう」

昔は、それが夢であった……。

儒学者として大成し、いつかは将軍の御前で講義をする御役目に就く……。父母が喜び、自分を誇りに思ってくれるなら、これに勝る孝行はない、と、白蛾は固く信じていた。

「出世など、微塵も望んではおりませぬ」

白蛾は静かに答えた。

「秘易は、確かに私が持っています」

青木は一瞬無言になってから、「本当なのだな」と念を押す。

「あなたに、嘘は申しません」

「ならば渡してくれぬか。さすれば、事は大きくならずに済む」

「それは、私に関わる者たちが無事でいられるということですか？」

「約束しよう」と青木は頷いた。

「さあ、見せてくれ」

青木は白蛾を促した。白蛾は懐から小袋を取り出すと、ざらりと己の掌に秘易を取り出した。

「龍の骨と言う割には、小さな物だな」

興味深そうに、青木は覗き込む。

「なるほど。一つ一つが陰と陽に分かれているのか」

「そのため、十二個揃っているのです」

白蛾はそう言ってから、手を青木の方へ差し出した。

「どうぞ、お持ち下さい」

「良いのか？」

青木の目がキラリと輝いた。

「構いませぬよ。触れるものならば……」

青木は秘易に手を伸ばした。指先が触れようとした、その瞬間……。

突如、秘易から炎が上がった。青木は「うわっ」と声を上げ、派手にのけ反って尻餅をついた。その青木の手に、炎が燃え移っている。

青木は火を消そうと必死になった。だが、炎はすでに両腕に広がり、さらに身体まで舐めつくそうとしている。

青木は悲鳴を上げて畳の上を転げ回った。棚が倒れ、本の山が崩れ落ちた。

「青木さん、落ち着いて下さい」

白蛾は宥めるように言った。ふいに青木の動きが止まった。彼は壁を背にして座ったまま、呆けたように白蛾を見つめた。

青木の周りには、本や紙が散乱している。

「い、今のは、いったい……」

青木は自分の両腕を眺め、それから掌でパンパンと身体を叩いた。

「炎が燃えあがって……。あれは、いったい、何なのだ？」

何がなんだか分からないと、青木は何度もかぶりを振っている。

「私の頭が、どうかしたのだろうか。あれは、幻なのか……」

「幸い幻で済んだようです」

白蛾はため息と共に答えた。

「かように、秘易は、私から離れるのを嫌がっておるのです。ですから、誰にもお渡しする訳には行きません」

「その秘易とやらには、幻を見せる力があるのか？」

いつもの自信満々の態度は、すっかり影を潜めている。声の張りもない。

「秘易が主と認めぬ限り、常人が手にすることは叶いません」

白蛾は秘易を再び小袋に納めると、己の懐に入れた。

「青木さん、この件から手を引いて下さい。これ以上関わらぬように……」

白蛾は心からそう願った。

「どうするつもりなのだ？」

青木は、案ずるような顔を白蛾に向けた。彼なりに、白蛾の身を心配しているのだろう。

「私はすでに関わってしまいました。もはや、後《ひ》へは退けません」

「そうか」と青木は納得したように頷いた。

「今のようなことが起こるなら、飛馬組と雖も、そう易々《やすやす》とは手が出せぬであろう」

やっと心が落ち着いて来たのか、青木はやれやれというように腰を上げた。

「すっかり散らかってしもうた。済まぬが、片付けの手伝いはできぬ」

「構いません。竹四郎がやってくれます」

「お前さんの顔が見られればそれで良かったのだ。私も余計な欲をかいてしもうた」

「私の立身出世のためでしょう？」

「そういうことにしておいてくれ」と、青木は照れたように笑った。

あれほど二階が騒がしかったというのに、降りてみれば、梅岩と竹四郎は未だ深い眠りの中だ。

少々呆れつつ、白蛾は青木を見送りに出た。提灯を渡した時、青木は真剣な面持ちで白蛾に尋ねた。

「それで、私はどうすれば良いのだ？」

「秘易の件が、どのように収まるか分かりませぬが、私なりにやってみます。しばらく物見遊山でも楽しんでいて下さい。せっかく京へ見えられたのですから……」

「上様には報告せねばならぬ。勘蔵がどう出るのか分からぬが、お前さんの方も、後で事の成り行きを教えてくれ。話せる範囲で良い」

「分かりました」

青木はふうっーと大きく息を吐くと、重い荷でも降ろしたようにこう言った。

「久しぶりの京の都だ。昔、祐勝殿と出会うた時のことを思い出す。懐かしいのう」

笑みで青木を送ろうとしていた白蛾は、一瞬、顔が強張《こわば》るのを感じた。

「父は、京にいたことがあるのですか？」

思わず問いかけた白蛾を、青木は怪訝そうに見た。

「聞いておらぬのか？　私と祐勝殿は、この京で出会うたのだぞ」

啞然とする白蛾に、青木は納得したように頷いた。

「祐勝殿としては、忘れたい思い出であったのだろうな。私の方が先に江戸に戻ったのだが、別れた後に、ある女人と恋仲になり、共に暮らしていたらしい。幼子を連れて戻ったという噂を聞いたことがある」

「その京の女というのは？」

白蛾は、しだいに己の動悸が激しくなるのを感じていた。

「私は知らぬ。会うたこともないのでな。しかし、許嫁であった多紀殿が、それはようできた女人で、子は自分が実子として育てるゆえ、破談にはしないでくれ、と父親に談判した話は、学者内ではちょっとした美談になった。まさに、良妻の鑑《かがみ》だ、と……」

結局、父の祐勝は、死の直前まで白蛾に真実を語らなかった。多紀の心を思えば、負い目と憐れみと、その健気さゆえの愛《いと》しさで、到底語れなかったのだろう。

子供の頃、よく「父にも母にも似ていない」と言われた。

——まこと男児には惜しい美貌よ。どなたに似ておられるのやら——

——夫の祖母は、若い頃、大層お綺麗であったと聞いております。きっとその祖母に似ておるのでございましょう——

養母はそう言って、さらりと話をはぐらかした。

——男児たる者、容姿の良し悪しなどに拘らず、ひたすら勉学に励み、人品骨柄を磨き、人のため、国のために役立つことこそが肝要じゃ――

父は口癖のように白蛾にそう言った。

だから、白蛾は自分の母親が多紀だと微塵も疑わずに育った。成長して、父から真実を告げられた時も、まるで他人事のように思えた。

（水尾は、子を産んでいた……）

その話は、昼間、聞かされたばかりだ。

（子の父は、江戸から来た学者……）

水尾は確かに美しい容貌をしている。しかし、自分に似ているのかどうかなど分からない。もし似ていたとしても、他人の空似ということもある。何よりも、好いた者同士が一緒になれぬ話など、世間には幾らでも転がっている。

「もしや」という思いをきっぱりと打ち消して、白蛾は、しだいに小さくなっていく提灯の明かりを見送っていた。

其の四

青木が帰って行った後、再び家に入った白蛾は奥座敷へ向かった。梅岩は片腕を枕にして横になっている。竹四郎は仰向けで、鼾《いびき》をかいていた。一日の大半を駒吉の捜索に費やして、かなり疲れているようだ。

竹四郎も朔治も真実を知らない。知っているのは、明王札を撒いたのが璃羽であることと、その理由が、藤弥を殺した上に水守神社に火を放ち、近隣の村まで全焼させた賊をあぶり出すためであったこと、その結果、賊の正体が、今は春雲堂の主人に納まっている、宗兵衛であると分かったことぐらいだ。

身の安全を考えて淡路屋へ預けた菊は、自ら行方をくらました。おそらく、玄鳳の術によって操られたものだろう。

玄鳳は菊を、飛馬勘蔵という公儀の手先から引き離したかったのだ。

「あ、先生……」

白蛾が膳を片付け終えた頃、竹四郎が目を擦《こす》りながら起き上がった。

「お客はんは？」

「先ほど帰られた」

「すんまへん。飲み過ぎてしもうて……」

普段は酒を飲まない竹四郎だったが、酒豪の青木に付き合わされて、つい盃を重ねてしまったのだろう。

「たまには良いのではないか」

白蛾は苦笑すると、梅岩に視線を向けた。

「床を取って差し上げろ。このままでは風邪を引いてしまう」

梅岩を布団に入れてから、白蛾は竹四郎を伴って自室に入った。

一歩、部屋に足を踏み入れた瞬間、竹四郎の身体が固まった。

「先生、いったい、何があったんどすか？　まるで旋風にでも遭うたような……」

キョロキョロと部屋を見回しながら、竹四郎は問いかける。

「あの客人と、喧嘩でもしはったんどすか？」

「まあ……、そんなところだ」

白蛾は、棚を戻しながら答えた。

竹四郎が落ちていた本を拾い集めてくれた。散らかっていた紙を束ねながら、白蛾は竹四郎に尋ねた。

「駒吉について、何か分かったのか？」

「そのことどすけどな」

竹四郎は、朔治の描いた人相絵を手に、再び政蔵の店を訪ねたのだという。そこから、政蔵に紹介して貰った貸本業者の許へ行き、人相絵を確かめて貰った。

「何人かに聞いて回りましたんやけど、やっぱり誰も知らしまへん」

それでも、その内の一人が、似た男を見かけたと教えてくれた。

「貸本の行商人は、本を入れた大風呂敷を背負うてますので一日で分かります。一日中、町を歩き廻ってますさかい、長う続けていると、顔見知りも多うなる。その内、ちょっと一服して、客の情報の交換でもしよう、てこともあるんやそうどす。客の好みが分かれば、貸し出す本の選別もやり易うなりますよって」

そのため、貸本屋は横の繋がりが広い。

「新入りやったら、当然挨拶して来るもんどす。この先、いろいろ世話になることもあるよって。ところが、一人だけ見慣れん貸本屋がいてたんどす。ここ数年の間に、何度も見かけたそうなんやけど、どうもこれといって商売をしている風があらへん。せやけど、ただ一軒の家にだけ、頻繁に出入りしてはるんやそうどす」

それが破魔屋であったが、最近は淡路屋へ変わっている。

竹四郎に話してくれた男は、不審に思うて後を付けてみた。

すると、貸本屋は堀川を渡り、武家屋敷の中に姿を消した。

「堀川沿いの武家屋敷といえば、京都所司代の？」

「へえ、所司代の堀川屋敷どす」

その貸本屋の顔が人相絵に似ているようや、と男は竹四郎に言った。

「お武家様が、草紙やら芝居物を好むんやろか、て不思議に思うたんで、覚えてはったそうどす」

（青木の話と合っている）

吉宗の命を受けた隠密は、京都所司代の屋敷を根城にしているのだ。

「駒吉は、何もんどっしゃろ」

竹四郎は益々訳が分からなくなった、と首を傾げる。

「もぐりの貸本屋かも知れまへんなあ。幾らお武家様やからいうても、難しい漢籍ばっかり読んではるとは限らしまへんやろ。芝居にも、仇討物《あだうちもの》かてありますよって。せやけど、なんで菊さんに纏わりついてんのか……。ほんまに怪しゅうおますな」

（これ以上、竹四郎と朔治を駒吉に関わらせてはならない）

竹四郎の話を聞きながら、白蛾の胸の内で不安がしだいに大きく膨れ上がって行った。

（相手は、公儀だ）

そう思っていた時、竹四郎が「後は朔治はんに任せときましたえ」と、白蛾の意に反して機転の利くところをみせた。

「破魔屋やったら、二条城にも近うおます。駒吉は、きっとあの辺りに現れる筈やて言うときましたさかい、見張っていてくれますやろ」

それから竹四郎は大きく欠伸《あくび》をする。

「ほな、わては眠らせて貰います。今日はほんまに疲れました」

そう言って、竹四郎は自室へと引き上げて行った。

畳の上にはまだ紙類が散乱している。それらを脇へ除けると、白蛾は仰向けに寝転がった。

行灯の明かりは消えている。暗闇の中で、白蛾は天井を見ていた。木目も見えない天井をじっと見つめていると、頭に浮かんだ光景がそこに映し出されて来た。

雨の中、揺れる柳の枝と高瀬川に浮かぶ舟と、その景色を眺めている、水尾の姿……。

水尾が実母なのかも知れない、白蛾はそう思った。

水尾のことだ。白蛾が何者かすでに気づいているのだろう。だが、手放した子供のことを語りはしたが、白蛾に母だとは名乗らなかった。

(それが、答えなのだ)

自ら断ち切った母子の絆を、繋ごうという気は水尾にはない。ならば、白蛾もそれに従うしかない。

しかし、頭では納得しても心は落ち着かなかった。真実が知りたい、と思った。本当に水尾が生みの母なのか、それとも、白蛾には関わりのない、全く別人の話なのか……。

(朱姫ならば、真実が分かるのではないか)

白蛾は身体を起こすと、朱姫を呼んだ。

辺りの空気が揺らめいて、目の前の闇に女の姿が浮かぶ。

「教えてくれ。水尾は私の実母なのか?」

秘易は、龍女の血を受け継ぐ者にしか扱えない……。

答えは最初から決まっていたのだ。

白蛾は、子供の頃のことを思い出した。

父の前で論語を素読していると、誰かに話しかけられた気がして、つい周囲に目をやった。当然誰もいる筈がなく、父から落ち着きがない、と叱られることがよくあった。

寝ていると、子供の声が「遊ぼう」と呼びかけて来る。返事をして起き上がり、急いで表に飛び出すと、まだ真夜中であったことも幾度かあった。

「夢でも見たのでしょう」と、母には言われたが、声ははっきりと耳元で聞こえていた。

成長してからも、道で知人とすれ違った後で、その人物がすでに亡くなっていたのを思い出したこともあった。

「他人の空似とは、本当にあるものだな」

当時の白蛾は、ただ漠然とそう考えただけだった。

朱姫が、白蛾に顔を寄せて来た。間近に見れば、その薄い紅を刷《は》いたような頬も、花びらのような唇から漏れる吐息も、まるで生きてそこに在るようだ。

妙泉寺で抱きしめた朱姫の温もりを、今でも思い出すことができる。夢の中でしか、触れることができない朱姫が、実体となって白蛾の腕の中にいた。

――龍女が目覚める……――

ふいに朱姫が言った。

白蛾の意識が、いきなり現実に引き戻された。

――菊は真の龍女となるやも知れぬ――

そう言った水尾の言葉が、白蛾の脳裏に蘇って来る。

――玄鳳が呼び出した菊の記憶の中には、龍女の想いがあった――

「どういうことだ？」

心に強い焦りを感じながら、白蛾は朱姫に尋ねていた。

――吉備臣は、龍女の持つ力を欲した――

「天眼力だな」

――龍女の血統を残せば、天眼を引き継ぐ者たちを、この世に残せると考えた。朱篙によって龍女の力を知った吉備臣は、その骨にも効果があると信じて井戸に沈めた――

「女児が、決して飲んではならぬ、水……」

――天見家に生まれた子は元々、龍女の血を引いている。ことに女児はその血が濃いのだ。そのため、井戸の水は、女児には悪い方へ作用する。不老の身体になるのも、その一つだが、菊には、別の形で現れた――

「それが、真の龍女か？」

――かつて、龍女は非業の死を遂げた。龍女は幽王が望むゆえ、未来を語ったまでじゃ。それなのに、王の怒りを買って無残にも殺され、亡骸《なきがら》は野に捨てられた。身体は地に還っても、最後の想いは骨に残った。風雨に晒され、長い長い時を経ても、その想いが消えることは決してなかった。菊は、その水を飲み、さらに全身に浴びてしまった。ゆえに、水に溶け込んでいた龍女の最後の死の間際の想いが、菊の体内に留まった――

白蛾は激しい不安を覚えた。それが良いものには到底思えない。

――悲しみと怒り、そして、強い恨み……――

と、朱姫は言った。

――この世の森羅万象すべてを焼き尽くすほどの、それは激しい陰の念じゃ――

この世は「陽の気」と「陰の気」の調和によって均衡を保っている。どちらか一方が強くなれば、均衡は失われ、調和は乱れ、そうして、この世は崩壊へと向かう――

「菊が龍女として覚醒すれば、龍女の陰の念が、この世に蘇るのだな」

――今、この地上に、恨むべき幽王も周の国もない。だが、二千五百年を経ても、人の欲は限りなく続いている。龍女は、それらすべてを滅ぼそうとするだろう――

「お前も龍女なのだろう。恨みはないのか？」

――私はただの骨であり、龍女の影に過ぎぬゆえ――

長い漆黒の髪をふわりと揺すって、朱姫はかぶりを振った。

「菊が、この世を崩壊させるというのか」

――それが、龍女の望みだ――

「もし、その時が来たら、お前はどうするのだ？」

——私は易具じゃ。何があろうと、ただ主に従うのみ……——

第五章 ䷲ 震《しん》為《い》雷《らい》

其の一

一眠りしたらしい。目覚めたのは夜明け前だった。わずかに外が明るい。

白蛾は散らかっていた部屋を再び片付け始めた。紙を束ねて棚に置く。落ちていた硯《すずり》や筆も、文机の上に丁寧に揃えた。部屋が片付くのと同時に、頭の中も整理がついた。

（まずは、朔治と竹四郎をこの件から外さねばならぬ）

今はそれが何よりも先決だった。

夜がすっかり明けた頃、白蛾は朝餉の支度のために厨に向かった。竈の火を熾《おこ》していると、慌てたように階段を降りて来る竹四郎の足音が聞こえた。

「すんまへん、すっかり寝すごしてしもうて……」

竹四郎は襷掛けになりながら、白蛾に詫びる。

「構わぬ。それより、いろいろと使い走りをさせてしもうて、済まなかった。今日からは落ち着いて、梅岩先生の講義の手伝いをしてくれ。それに、お前も勉強せねばならぬ身だ」

「せやけど、明王札の件は、まだ解決してしまへん。それに、菊さんの行方も分からへんまんまどす」

竹四郎は不服そうに唇を尖らせる。

「お前や朔治のお陰で助けられたが、元々は私の仕事だ。これ以上巻き込めば、梅岩先生にも迷惑がかかる」

「それは違いますえ」

竹四郎は強くかぶりを振った。

「淡路屋が依頼した件でもあります。それに、菊さんを預かっていたんは淡路屋や。お母はんや兄さんかて、申し訳ないて思うてますのや」

「菊のことは安心して良い。朔治にもそう伝えるつもりだ」

「駒吉はどないするんどす？　せっかく居場所の目途がついたて言うのに。朔治はんが、駒吉の動きを探ってくれてます」

「それは、そうなのだが……」

竹四郎いつになく押しが強い。

「今になって、わて等が邪魔になったんどすか。理由はなんどす？　こうなったら言わせて貰いますけど、いきなり倒れて、わてや梅岩先生にまで心配をかけはったんは、いったい、どこのどなたさんどす？」

竹四郎は、白蛾が持っていた火吹き棒を奪い取ると、じわりじわりと白蛾に近づいて来る。その勢いに白蛾は思わず怯みそうになった。

「朝っぱらから、何をしてはりますのや？」

いつの間に入って来たのか、朔治が呆れたように二人を見ていた。

「竹四郎、取《と》り敢《あ》えず、落ち着け」

白蛾は竹四郎を宥めようと、その肩をぽんぽんと叩く。

「朔治はん、聞いておくれやす」

竹四郎は、朔治を味方に付けようとする。

「今は、それどころやあらしまへん。夫婦《めおと》喧嘩の真似事は、後にしとおくれやす」

朔治はぴしゃりと言った。

「先生、駒吉に動きがありました」

朔治は、夜が明ける前から京都所司代の堀川屋敷を見張っていた。屋敷の周囲を回っていると、裏木戸から誰かが中へ入って行くのが見えた。

「三人の商人風の男どした。丁度、辺りが白々としてきたところやったんで、その内の一人の顔が見えました」

それは、かつて破魔屋に、不動明王の絵馬を依頼した男のものに似ていた。

「その男が、春雲堂の宗兵衛どすな」

さっきまで揉めていたことを忘れたように、竹四郎が二人の間に割って入った。

「駒吉と宗兵衛。この二人の間に、どないな繋がりがあるんどっしゃろ？」

竹四郎の言葉に、朔治も頷く。

「後の二人は、きっと宗兵衛の手下どすやろ。先生、もしかしたら、菊はあの屋敷にいてるんと違いますやろか？」

宗兵衛は、秘龍を公儀に渡すつもりだ、と白蛾は確信した。

「せやけど、所司代屋敷やったら、ご公儀どすやろ。なんで賊の親玉と公儀が繋がるんどす？」

そう言ってから、竹四郎は首を傾げた。

「そもそも駒吉は何もんどす？　貸本屋の恰好で菊さんに近づいて、いったい何がやりたいんどっしゃろか」

どうやら、竹四郎の好奇心に火が点《つ》いたらしい。

「先生」と、竹四郎は珍しく鋭い視線を白蛾に向けた。

「なんぞ、わて等に黙ってることがあるんと違いますか？」

朔治もまた、無言で白蛾を見つめていた。朔治は、竹四郎よりももっと事態の深刻さに気づいているようだ。口にしないのは、何をどう問いかけて良いのか、分からないからだろう。

「妙泉寺でも言うたように、すべてが終われば話してやる。それまで待ってくれ。それよりも、朔治に頼みたいことがある」

白蛾は、急いで青木文蔵宛の文を用意した。

「堀川屋敷に、江戸から青木文蔵という学者が来ている。その方にこの文を渡してくれ」

白蛾は、青木に秘龍の件に関して、石田梅岩や竹四郎、朔治に害が及ばぬよう図って欲しい、と頼むつもりだった。

「先生」と、朔治は何やら落ち着かない様子だ。

「分かっている」

白蛾は即座に答えた。

「菊の身を案じているお前の気持ちは、よく分かる。だが、今は私を信じてくれ。文を届けたら、ここへ戻って竹四郎と梅岩先生の側にいるのだ。私は妙泉寺へ向かう」

朔治が出て行くと、白蛾は改めて竹四郎に目をやった。相変わらずの不満顔だ。頬がぷっと膨れていて、年齢よりも幼く見える。

「竹四郎、許してくれ。お前を蔑《ないがし》ろにしている訳ではないのだ」

白蛾が詫びると、やがて竹四郎は「しようがおまへんなあ」と肩を落とした。

「せやったら、ちゃんと無事に戻って来ておくれやす。それから、話は後でじっくり聞かせて貰いますよって……」

「承知した」

白蛾は笑って頷いた。

白蛾は自室に戻ると、さっそく朱姫に卦を立てさせた。白蛾の眼前で、朱姫の算木は瞬く間に動いた。

上卦、陰陰陽。下卦、陰陰陽……。

それから、白蛾は秘龍を懐に納めると、家を出た。数歩行ったところで立ち止まった。

眼前には、海津地玄鳳が立ちはだかっていた。

「秘龍で卦を立てたな」

玄鳳は厳しい顔で言った。

「上下共に震」

すかさず、白蛾は答えた。

「震爲雷か……」と言って、玄鳳は唸った。

「天地に雷鳴轟《とどろ》き、大山《たいざん》は鳴動する、そういう卦だ」

「宗兵衛が、ついに公儀と手を結んだようです」

だが、玄鳳はすでに知っていたようだ。驚く様子も見せず、じっと白蛾の顔を見る。

「菊は、これからどうなるのですか？」

白蛾は玄鳳に尋ねてから、さらにこう言った。

「やはり、菊は龍女なのですか」

「どうやら、覚悟はできておるようじゃな」

玄鳳は返事の代わりに、念を押すように白蛾に言った。

「だが、覚えておけ。戦う相手は、宗兵衛でも公儀でもない。他ならぬ龍女だ」

その言葉は、白蛾の胸に深く、さらに深く突き刺さっていた。


玄鳳と共に白蛾が妙泉寺に着いたのは、昼を過ぎた頃だった。寺は妙に静かだった。子供たちは身の安全を考えて、近隣の家々で預かって貰っているという。祥明尼も子供等と共に寺を出ていた。

空はどんよりと曇り、今にも雨が降り出しそうだった。薄暗く、何やら不穏な空気が寺の内にも外にも漂っている。

珍しく子供も世話をする女たちもいない境内を、数人の男たちが行き交っていた。皆、黒装束に身を固めている。玄鳳に会うと頭を下げているので、海津地家の配下の者なのだろう。

それぞれ腰に小刀を差している。不動の明主の率いる八蜘蛛衆と公儀が襲って来れば、間違いなくこの境内は戦場と化すだろう。

(今は、菊の封印が解けぬことを祈るだけだ)

おそらく玄鳳も同じ気持ちなのだろう。

間もなく惣吉が現れた。白蛾は璃羽の姿がないことに気がついた。

璃羽の所在を尋ねると、惣吉は戸惑いを見せてこう言った。

「霊堂で、菊さんと藤弥さんを見て貰うてます」

「では、璃羽さんに、藤弥さんが生きていたことを告げたのですね」

「いつまでも、黙っている訳には行かしまへんさかい……」

わても辛うおした、と惣吉は言った。

「水尾殿は承知されたのですか」

——成り行きによっては、これが本当の最後の別れになるやも知れぬ——

水尾はそう言って、己の正体を璃羽に教えた。

「藤弥さんの姿に、璃羽さんはなんと?」

白蛾には、何よりもそれが気がかりだった。

惣吉は辛そうに顔を歪めた。

「年を取らへんまんま、眠ってはるんどす。璃羽さんが呼びかけても、身じろぎ一つせえしまへんのや。あれを『生きてる』とは、到底言われしまへん。せやのに、璃羽さんは、生きていてくれはっただけでも良かった。なんでもっと早う言うてくれへんかったんや、て、泣かはりますのや。それがあんまりにもいじらしゅうて。わてはもう申し訳のうて」

――わてが悪うおました。許しておくれやす――

惣吉はただそう繰り返すしかなかったという。

藤弥の隣に、菊もまた寝かされていた。璃羽が二人の傍らに寄り添うように座っている。

玄凰は菊の様子を窺ってから、目を離さないように、と白蛾に言った。

「水尾殿はどうされたのですか？」

白蛾は部屋を見回した。確かに水尾の姿がない。

「今、菊を封じておるのは水尾殿の力じゃ。わしはこの霊堂と寺を、不動の明主から守らねばならぬ」

玄凰は渋面を作ってから、さらにこう言った。

「天見と海津地……。長きに渡って、二流の間で秘龍は守られて来た。いつの頃から、決してその存在を知られてはならぬことが、家訓となっておったのじゃ。天見家は、その家訓を踏襲しようとしていた。しかし、わしと弟の玄斎は……」

玄鳳はゆっくりとかぶりを振る。

「吉備流八卦は調和を重んじる。朝廷と幕府の均衡が乱れて行くのは、決してこの国のためにも良いことではない、そうわしは考えた」

「それで、あなたは、朝廷のために秘龍を役立てようと……?」

問いかけると、玄鳳は、視線を眠り続けている藤弥に向けた。

「それを先代から聞かされていた藤弥は、秘龍を海津地家に渡すのを拒んだ」

玄鳳は顔を上げて、まっすぐに白蛾を見た。

「そなたは、まことに秘龍の主に相応しい。わしはそう思うておる」

玄鳳は少し顔を綻ばせると、璃羽に目をやった。

「この女人に付いていてやりなさい」

そう言い残すと、惣吉を伴って、部屋を後にした。惣吉は、「璃羽さんを、どうかよろしゅう頼みます」と言って、白蛾に深く頭を下げた。

璃羽がひどく憔悴《しょうすい》しているのは、一目で分かった。玄鳳と白蛾が話していても、全く気にも留めていないようだった。

目の前にしている現実を、どう受け止めれば良いのか分からないのだろう。そう考えて、白蛾は璃羽に寄り添うようにして声をかけた。

「璃羽さん、大丈夫ですか？」

すると、璃羽はゆっくりと首を巡らせて、白蛾を見た。

「先生、どうか、うちの頼みを聞いておくれやす」

璃羽はそう言って、白蛾の方へとにじり寄る。

「うちは、どうしても、藤弥さんに目覚めて欲しいんどす」

「お気持ちは分かります。私も手立ては考えていますゆえ……」

「秘龍があれば、助けられるんどすやろ？」

白蛾の言葉を遮るように、璃羽は言った。

「どうして、それを……」

秘龍の力で藤弥を救う。そのことを、璃羽はまだ知らない筈だ。

「宗兵衛から、文が来たんどす」

文は、与吉から渡された。

――知らないおっちゃんが、渡してくれ、て……――

「宗兵衛は、あなたに、いったい何を言ったのですか」

「藤弥さんを目覚めさせるには、秘龍がいる。あの白蛾て易者よりは、不動の明主である自分の方が、はるかに力がある。せやさかい……」

璃羽はそこまで言って、肩で大きく息をした。

「宗兵衛が、先生から秘龍を奪うて来い。秘龍を持って来たら、藤弥さんを助けてくれる、て……」

突然、璃羽は意を決したように、強い眼差しを白蛾に向けた。

「先生、堪忍しておくれやすっ」

縋るように白蛾の胸元に飛び込んで来た璃羽の手に、何かが光るのが見えた。銀簪《ぎんかんざし》の先端だ。それが、今にも白蛾の胸に突き刺さろうとしていた。

パアッと白蛾の胸元が強い光を放った。瑠羽の身体が倒れた。その手に握られていた簪が、粉々に砕け散っている。

――我が主に、触れるなっ――

深紅の衣裳が、白蛾の眼前に現れた。黒々とした髪が、その華奢な肩から流れ落ちている。その長い髪が、扇のように左右に広がった。

白蛾を庇おうとするように、両腕を広げた朱姫が、璃羽の前に立ちはだかっていた。

璃羽は何が起こったのか分からず、ただ茫然と白蛾を見つめている。

「朱姫、その女を傷つけてはならぬ」

――知っている。この者は、藤弥の許嫁であった女だ――

「ならばもう良い。私は無事だ」

戻れ、と白蛾は、朱姫に命じた、その時だった。

璃羽の背後に、何者かが立っている。菊だった。

声を失っている白蛾の前で、菊は放心したように立ち尽くしていた。

「菊……」

やっとの思いで、白蛾はその名を呼んだ。そうして、もはや、それが菊の姿をした全くの別人であることを思い出したのだ。

「龍女……」と、白蛾は呟いた。

急にどしんと身体が重くなった。まるで天井が伸《の》し掛かって来るようで、白蛾は床の上に這いつくばった。視界が歪んでいる。その中で、意識を失ったように倒れている璃羽が見えた。

「白蛾」と呼ぶ水尾の声が聞こえた。

気がつくと、傍らに水尾がいた。身体が軽くなっている。すでに菊の姿は消えていた。

「菊の封印が解けてしもうた」

水尾が白蛾に言った。声がどこか苦し気だ。水尾の顔色は青ざめていて、弱っているのが一目で分かった。

「いったい、何が起こったのですか？」

先ほどまで、菊は眠っていたのだ。玄凰と水尾の力で、菊は封じられている筈だった。

「秘龍が、菊を呼び覚ましたのじゃ」

水尾がぽつりと言った。

「秘龍は、龍女の骨じゃ。元々は一つ」

白蛾は思わずあっと声を上げた。朱姫は白蛾を助けようと自ら力を発した。皮肉なことに、それが、眠っていた龍女を呼び覚ましてしまったのだ。

「このままでは、時が、壊れる……」

と、絶望したように水尾は言った。

(時が、壊れる?)

——八卦とは森羅万象を表す——

以前、水尾は言った。

——八卦に『時』が加わってこそ、『この世』は成り立つ——

水尾はそうも言った。

——森羅万象とは、『あの世』と『この世』を統べる理じゃ——

と、朱姫は白蛾に教えてくれた。

(『この世』とは、『あの世』を含めた一つの世界。つまり、太極……)

八卦を時が繋ぐことで、太極は成り立つのだ、と白蛾は思った。

龍女の力が、その「時」を破壊しているのだ……。

「私は、どうすれば？」

白蛾は縋るような思いで水尾に尋ねた。

水尾は、声を振り絞るように白蛾に言った。

「秘龍が導いてくれる。そなたは、私の子、龍女の血筋じゃ」

その瞬間、白蛾は弾かれたように部屋から走り出していた。


外へ出て、唖然とした。周囲のすべてが灰色に見えた。寺の周囲を囲む田畑も、京を囲む山々も、ただ灰色に溶ける世界に変わっている。

(色が消えている)

それまで、境内では相当な争いがあったようだ。先ほどまで闘っていた者等が、今は力なくその場に座り込んでいた。倒れている者も多い。その中に、惣吉の姿もあった。生きているのか、死んでいるのかも分からない。空だけが、時折白い光を放っていた。光る度に、裂け目がくっきりと浮かぶ。縦横に走る裂け目が、ひび割れのように辺りに広がっていた。

おそらく、京の町が、あるいは、その外までも、裂け目は大きく広がっているのかも知れなかった。

人々は、呼吸すらままならず、その動きを止められている。時が壊れ、八卦が崩れる。

太極は、もはや世界として成り立たなくなっていた。

その灰色の荒野と化した中に、髪を振り乱した菊の姿だけが、鮮やかに浮き上がって見えた。

相対するように、玄鳳がいる。驚いたことに、その隣には宗兵衛の姿もあった。

あの何事においても自信に満ちていた宗兵衛の顔が、妙に白茶けていた。

「参った。参りましたわ、白蛾はん……」

白蛾の姿を認めて、宗兵衛が泣くような声で言った。

「真の龍女が、これほどのもんとは思わなんだ。わての、負けや」

その声が耳に届いた時、白蛾は周囲が全くの無音なのに気がついた。

「このままでは、すべてが消えてしまう」

玄鳳は数珠を持った右手を、まっすぐに菊の方へと差し出していた。

黒曜石の数珠が、しだいに艶を失って行く。玄鳳の力も菊によって消し去られようとしていた。

彼等が他の人々のように力尽きずにいられるのは、まさに龍女の血筋であったからだろう。

「白蛾よ……」

玄鳳の目が、白蛾に向けられた。

「やがてこの世は崩れ去る。それほどに龍女の恨みは強い。そなたは、龍女の怒りを解くのだ。龍女の恨みの念が消えれば、菊の力も衰えよう」

白蛾は周囲を見渡した。もはや手の付けようがないほど、この世は壊れかけていた。菊に宿る朱姫の恨みの念を消す……。しかし、そのためには、朱姫と相対する必要があった。

「時を超えるのだ。龍女のいた時代、その場所に……」

理屈は分かるが、玄鳳の言葉は、あまりにも荒唐無稽に思えた。何よりも、本当の朱姫が存在していたのは、今より二千五百年近い過去の、しかも大海を渡った異国の地なのだ。

「秘龍を使え」

玄鳳が声音を強めて言った。

「願うのだ」

景色が大きく歪み始めている。その中で、玄鳳が励ますように言った。

「願え、望め、その想いの強さが、時の壁を破るのだ。今のそなたの心ならば、どれほど遠い過去であろうと、飛んで行ける」

白蛾は秘易を取り出した。

十二個の小さな骨は、白蛾の掌に載っている。白蛾は、それを空中へと放った。

朱色の骨片はクルクルと白蛾の周りを回り始めた。しだいにその回転が速くなり、骨の引く赤い軌跡が、白蛾の全身を囲い込む。

次の瞬間、骨は一斉に粉々に砕け散った。

突然、空に大きな裂け目が走った。真っ白な輝きの中に、一点だけ、目の覚めるような朱が見えた。

朱姫が導いてくれる……、白蛾は咄嗟にそう思った。

其の二

視界が純白の闇に吸い込まれる……。

驚くほどに身体が軽い。というより、己を包む着物ばかりか、肉体までも脱ぎ捨てたようで、なんだか爽快な気分がした。

その状態がどれほど続いただろうか。怖れはない。ただ心地良かった。

母の胸に抱かれる赤ん坊は、このような感覚ではないか。そう思えるほど、それは穏やかな平安の中にあった。

時を川に例えるならば、白蛾はぷかぷかと浮かびながら流されて行く、小さな笹舟だった。

やがて、気がつくと、白蛾は野辺の小道にぽつんと立っていた。
見回しても、そこがどこかは分からなかった。冬なのだろう。雪が降りしきっている。
山野の形が見慣れたものと、どこか違っていた。降り積もった田舎道を歩きながら、
白蛾は寒さを感じないことに驚いた。
頰に当たる雪の冷たさもない。野良の帰りらしい農夫とすれ違ったが、不思議なこと
に、誰一人、白蛾には目もくれなかった。
彼等の身なりはどことなく異国風で、清国の南画などで見た物に似ていた。
（まるで、絵の中にでも入ったようだ）
聞き覚えは全くないのに、彼等が話している言葉の意味が、なぜか理解できた。
――王様の怒りを買った娘が、幽閉されておる――
二人連れの農夫の一人が、そんなことを話すのを聞いた。
――丘の向こうの小屋じゃ。この寒さでは、今に凍え死んでしまうだろう――
――明日になったら、首を斬られる。どちらにしても同じことじゃ――
――獄卒に引き立てられて来た折に見たが、それは大層美しい娘じゃった。王を怒らせ
るとは、いったい何をしたのやら――
――どうやら、この国の行く末を予兆したらしい。王の愛妾のせいで、国が滅びる運命
にあると――

王の怒りを買って、処刑される娘……。

(朱姫のことだ)と、白蛾は思った。

やがて、小高い丘の麓に、一軒の小屋が見えて来た。

まるで馬小屋のようだった。実際、馬小屋を牢獄《ろうごく》にしたのだろう。四方を薄い板が囲い、戸口には大きな錠前が掛かっている。格子の入った明かり取りの窓が、一つだけ開いていた。

白蛾は中を覗こうと窓に近寄った。ところが、次の瞬間、己が狭い小屋の中に立っているのを知った。

手枷《てかせ》と足枷を掛けられた娘が、藁の敷かれた土間に座っていた。白蛾には、一目でそれが朱姫だと分かった。

朱姫は土間の一点を見つめ、ブツブツと何やら呟いている。

「乾、兌、離、震、巽、坎、艮、坤、我が祖、伏義と女媧に請う。森羅万象、万物消滅し、現世は暗黒の地獄と化せ」

それは激しい恨みの言葉であった。

吉備臣は龍女の陰の念まで、日本に持ち帰ってしまったのだ。

目的を失った恨みの念は、菊が龍女となったことで、この世に蘇ってしまった。しかも、さらに念の力は強くなり、もはや天地そのものを壊そうとしている。

「乾兌離震巽坎艮坤、我が祖、伏羲と女媧に請う……」

朱姫の渇き切った唇からは血が滲み、髪は振り乱れ、すでに生きながら幽鬼と化しているようだ。

あまりの痛ましさに、白蛾の胸は張り裂けそうになった。

「もう止めるのだ」

白蛾は朱姫の前に、両膝をついて言った。

「その姿は、お前には似合わぬ」

ふいに朱姫の視線が白蛾に移った。

「そなたは、何者じゃ？」

朱姫は、驚いたように目を瞠った。

「どうやって、ここへ入ったのじゃ」

「私の姿が見えるのか？」

問いかけると、朱姫は急に笑い出した。

「生きている者ばかりか、死人まで私には見える。どうせ、そなたも死霊か幻の類であろう。明日の朝には、私もそなたの仲間じゃ。少々迎えに来るのが早いのではないか？」

「お前は何も悪いことはしていない。罰を与える方が間違うている」

「そうだ。だから、これから、この世のすべてを滅ぼしてやるのだ。戦乱、天変地異、八卦を手中にするものは、森羅万象を操ることができる。私には、その力があるのだ」

「そのような力があるのなら、お前は何ゆえ、ここにいるのだ?。何も王の言うなりになることはあるまい。逃げ出すこともできるのではないか……」

朱姫はじっと押し黙った。薄暗がりの中で、その身体が寒さに震えているのが分かった。

「所詮、私は人だ。人としての運命には抗《あらが》えぬ」

そう言って、朱姫は唇を噛んだ。悔し気な眼差しが白蛾に向けられる。

「私は、聞かれたことに答えただけなのだ」

その目がまるで火のようだった。

「生まれながらに龍女と呼ばれ、私は皆の望むままに予兆を与えた。気に入らぬ予兆でも、それが運命ならば仕方があるまい。私が運命を決めた訳ではないのだ」

朱姫の頬を涙が零《こぼ》れ落ちた。幾筋も落ちる涙を、白蛾は拭おうと手を伸ばした。

だが、肉体を持たない今の白蛾には、朱姫に触れることも叶わないのだ。

困惑する白蛾の様子を見て、ふっと朱姫は笑った。

「生者の振りをする死霊は、初めてだ」

(今の私には、朱姫を温めてやることもできぬのか)

それが、ただ辛く、白蛾の胸に熱いものが込み上げて来る。

朱姫は、これまで白蛾の危機を幾度も救ってくれた。己の存在が、白蛾の気を奪うことで、その胸を痛めてもいただろう。

「私は、お前に何もしてやれぬ」

白蛾は無念の思いで呟いた。

「慰めてやることも、ここから救い出してやることも……」

己の無能さが恨めしい。

朱姫の目が、不思議そうに白蛾を見ていた。

「死霊のくせに、私を哀れんでいるのか？」

朱姫の手が、白蛾の頬に触れた。どうやら、気づかぬ内に泣いていたようだ。

朱姫の指が白蛾の目元を拭う。

「死霊が、私のために泣いてくれるのか」

驚きのあまり、「なぜ」と、思わず声が出た。

「何ゆえ、お前は私に触れることができるのだ？」

「私は龍女だ。人の心も魂も、私は触れることができる」

そう言うと、朱姫は白蛾の顔を両手で挟んだ。

朱姫は、白蛾の目を覗き込むように見つめた。

「そなたの魂は、白い……」と朱姫は言った。

「か弱く、したたかで、美しい……」

朱姫は両腕を白蛾に回した。その瞬間、白蛾は朱姫の肉体を感じていた。

白蛾は思わず朱姫の身体を抱きしめた。

そうしていると、二人の体温が溶け合って行くようだ。

太極……、という言葉が、白蛾の頭に浮かんだ。

見える物と見えざる物。身と心。陰と陽。天と地。それは、森羅万象が時によって繋がれ、一つとなった世界のこと……。

「私はそなたが愛おしい……」

と、朱姫は白蛾の耳元に唇を寄せて言った。

「誰もが私の力を欲し、誰もが私を頼り、誰もが私に救いを求めた。誰一人、私の弱さに気づこうとはしなかったのに……。そなただけは、私のために涙を流してくれた」

それが、嬉しいと朱姫はさらに言った。

「そなたの、名前は何というのだ？」

朱姫は問いかけて来る。

「白蛾だ」

「はくが……」

朱姫は呟いてから、さらにこう言った。

「そなたに会えて良かった。私はもう寂しくはない」

「死は生の始まりだ。いずれ、私たちは必ず出会う」

白蛾は力を込めて朱姫に言った。

「死を超え、生を超え、その果ての時の中で、私はお前を待っていよう」

「面白いことをいう死霊だ。そなたがいるのなら、あの世も悪くはない」

朱姫はそう言って、白蛾に向かって微笑んだ。


翌朝、朱姫は小屋の外に引き出された。辺りは降り積もった雪に覆われていた。竹林の中に、朱姫は両膝をついて座らされた。

白蛾はその姿を見ていた。朱姫は顔を上げた。視線が白蛾を認めると、朱姫は笑顔を見せた。

処刑人の大刀が振り下ろされ、飛び散った血飛沫が竹の幹を染めていた。朱姫の亡骸は、雪の中に咲いた赤い大輪の花のようだった。

溢れる涙の中で、白蛾は悟った。それは、藤弥が水守神社に、白蛾を呼んだ理由だった。

藤弥は、朱姫のために白蛾を呼び寄せたのだ。朱姫自身が望んだがゆえに……。

それは、白蛾と朱姫の、長い時を超えた約束であった。

白蛾が目覚めたのは、妙泉寺の境内だった。傍らに玄鳳がいた。その腕に、菊を抱いている。菊は再び意識を失っているようだった。

白蛾は起き上がって周りを見た。

何もかも元通りになっている。緑に覆われた庭も、遠くに見える山の青さも……。

「菊はどうなりました？」

尋ねると、玄鳳はちらりと腕の中の菊に視線を落とした。

「龍女は悲惨な死を遂げた。だが、そなたはそれを幸福に変えた。龍女の恨みの念が消えてしまうたのだ。もはや、菊が、陰の念に支配されることはなくなった」

「水尾殿はどうされました？」

白蛾は尋ねた。何よりも、今は水尾に会いたかった。

だが、玄鳳は静かにかぶりを振った。

「霊堂の棺《ひつぎ》に入られた。もはや会うことは叶わぬ」

「聞きたいことがあったのです」

白蛾は玄鳳に縋るように言った。

「あの方に確かめたいことが……」

——そなたは、私の子、龍女の血筋じゃ——

白蛾に命を与え、行くべき道を示して、水尾は逝《い》ってしまった。それが水尾の望みであったとしても、白蛾の胸は遣り切れない想いで一杯になった。

（せめて一度でも、『母』と呼びたかった）

「そなたの心は、充分に伝わっておろう」

慰めるように玄鳳は言った。

「私はこれからどうしたら良いのですか？」

改めて尋ねると、玄鳳は呆れたように白蛾を見た。

「霊堂へ行き、藤弥を目覚めさせるのじゃ」

「ですが……」と、白蛾は困惑する。

「私は秘龍を失ってしまいました。もはや、秘易はどこにも存在しません」

この世を崩壊から救おうとした時、龍女の骨は砕け散ってしまった。白蛾はその力で、長い時を超え、朱姫に会うことができたのだ。

「案ずるな」

と言って、玄鳳は小さく笑った。

「砕けた秘龍は、そなたの身体に納まった。分からぬか。今や、そなたは龍眼力を得ているのだ」

秘龍の骨を砕いて、これを喰らうと、龍眼の力が手に入る……。

（確か、宗兵衛がそのようなことを……）

「ゆえに、秘龍はもはやどこにも存在せぬ。あるとすれば、永遠の主であるそなたの中だ」

玄鳳はそう言って、白蛾の胸元に目を向けた。

白蛾は目を閉じた。すると、脳裏に鮮やかな朱姫の姿が映し出された。

（扉を閉じよ）

朱姫に命じてみた。今度は秘易が現れ、カタカタと動き始める。

そうして、秘易は物事の終わりの卦を示してみせる。

上卦、陰陽陽の、兌。下卦、陽陰陰の、艮。

沢山咸《たくざんかん》、恋の卦であった。

（共に行こう。我等はもう二度と離れることはない）

朱姫は白蛾に向かって嬉しそうに微笑んだ。その目に涙が光っているのを、白蛾は見逃さなかった。

その時、玄鳳の腕の中で、菊がわずかに動いた。

「おっ、気がついたか」

玄鳳が安堵したように言った。菊は、どこかぼうっとしたような眼差しで、辺りを見回している。

「ここは、どこなんやろ」

菊は不安気に言ってから、その身体を起こした。怯えたようなその様子に、白蛾は優しく語りかけた。

「案ずることはない」

白蛾は菊の手を取って立たせてやる。

「お前の兄が待っている。一緒に会いに行こう」

「兄さん？　朔治さんのこと」

訝しそうに首を傾げる菊に、白蛾ははっきりとこう告げた。

「天見藤弥だ」と……。

間もなく藤弥は覚醒した。止まっていた時も動き出し、本来の年齢の姿で、璃羽と菊の前に現れた。

宗兵衛は公儀の手の者と共に、すでに引き上げていた。

公儀はこれからどうするのだろう、と白蛾は思った。だが、今となっては執拗《しつよう》に菊を追い回したところで、どうなるものでもない。いずれ白蛾の話を聞いた青木から、吉宗公に報告が行くだろう。

——秘易などというものは、ただの言い伝えに過ぎず、この世に存在いたしませぬ——

時が壊れようとしていた時、洛中はそれはひどい嵐に見舞われていたという。雹《ひょう》まで降ったと、竹四郎が教えてくれた。

八卦とは、人の想いを映す鏡のようなものかも知れない。人の想いは、風によって運ばれ、水によって流され、雲となって空を漂い、雨となって降り注ぐ。やがて、時に溶けて、森羅万象、この世のありとあらゆるものを、永遠に潤し続ける。

白蛾は遥かな時を遡り、一人の女と出会い、恋に落ちた。

女の名は、朱姫という。

主要参考文献

宮崎天斎　著『呪法抄――禁断の呪術を操る闇の魔道師たち』学習研究社
丸山松幸　訳『中国の思想7　易経』徳間書店
山本英史　著『中国の歴史〈増補改訂版〉』河出書房新社
京都市　編『京都の歴史5　近世の展開』学藝書林
京都市　編『京都の歴史10　年表・事典』学藝書林
藤井恵介・玉井哲雄　著『建築の歴史』中央公論社

解説

三田主水

「美」と「奇」と「謎」の糸で「心」を織りなす——三好昌子は、多士済済《たしせいせい》の歴史時代小説界において、そんな独自の世界を描いてきた作家です。

三好昌子は、第十五回『このミステリーがすごい！』大賞で優秀賞を受賞した、『京の縁結び　縁見屋《えんみや》の娘』で二〇一七年にデビュー。娘が代々二十六歳で命を落とすという家に生まれたヒロインを巡る謎と壮大な因縁を描いたこの作品を皮切りに、作者は伝奇ものを中心に、京を舞台とした個性的な歴史時代小説を次々と発表していくことになります。絵師の業と彼らの目に映る美の世界を題材とした『群青の闇　薄明の絵師』『幽玄の絵師　百鬼遊行絵巻』『狂花一輪　京に消えた絵師』の「絵師」三部作、平安時代を舞台に妖《あやかし》たちの跳梁《ちょうりょう》と宮中の権謀術数に巻き込まれた元皇族武士の彷徨《ほうこう》を描く『うつろがみ　平安幻妖秘抄』、庭師の娘が庭にまつわる不思議な事件を解決する連作『鬼呼《おにょび》の庭　お紗代《さよ》夢幻草紙』等々——デビュー以来、四年間で約十作品と決して多作ではありませんが、それだけに内容豊かな作品を作者は発表してきました。そして江戸時代に実在した易学者・新井白蛾を主人公に、世界の運命すら左右する究極の易占を巡る本作もまた、その一つなのです。

江戸を離れ、京で心学者の石田梅岩の家に寄宿する若き儒学者・新井白蛾。彼は物見遊山に出かけた粟田口《あわたぐち》で、朱色の衣をまとったこの世のものならぬ美しい娘・朱姫と出会います。謎めいた言葉を告げる朱姫に導かれるように、数年前火事で焼失した水守神社跡で、彼女が「秘易」と呼ぶ奇妙な算木（易占で用いる小さな角棒）を見つけた白蛾。それ以来、易に熱中した彼は、数年で優れた八卦見《はっけみ》として知られるようになるのでした。

そんなある日、白蛾のもとを大店・春雲堂の娘だという美女・璃羽が訪れます。近頃京を騒がす明王札騒動——遺恨のある家に不動明王の姿が描かれた絵馬が投げ込まれ、口封じの金を出さなければ火を付けるという事件——に巻き込まれたという春雲堂。絵馬が投げ込まれながら無視したために小火《ぼや》が起きたと語る璃羽は、本当に店に瑕疵《かし》があるか知りたいと、白蛾に占いを依頼してきたのです。秘易を用いる占いの常として、まず事実関係を調べることにした白蛾は、明王札の出所を追う中で訪れた絵馬屋の娘・菊が、あの水守神社の神官・天見家の娘だったという思わぬ事実を知ることになります。そして白蛾は朱姫の力を借りて菊の過去を垣間見た際に、意外な人物の顔を見るのでした。

その直後、謎の占者・海津地玄鳳から、よほどの天眼力を持たなければ秘易を扱うことは命を削ることになると警告を受けながらも、なおも明王札を巡る謎を追う白蛾。要求された金が北野の妙泉寺なる寺に運ばれていることを知った彼は、ついに明王札を仕掛けていた人物と対面するのですが、しかしその最中、黒装束の一団の襲撃を受けるのでした。

はたして明王札の真の目的とは何か。黒装束の一団の正体は。そして彼らは何を狙うのか。水守神社が焼失した日に一体何が起きたのか。そもそも、秘易とは如何《いか》なる存在で、朱姫は何者なのか。そして、何故白蛾は秘易を手にすることとなったのか？　玄鳳や怪人物・不動の明主、妙泉寺に潜む謎の尼僧も絡み、いよいよ複雑な様相を呈する物語。やがてその中で、白蛾は自分自身の運命と秘易との関わりを知ることになります。そして入り乱れる数々の謎と全ての因縁は秘易の下に一点に集まり、天眼力を持つ者たちの争いは、やがてこの国の行方を、いや世界の命運を左右しかねないものに……。

そんな物語を色彩豊かに彩る「美」しい世界とそれを描く巧みな文章、人ならざるヒロインや壮大な力を秘めたガジェットなどの「奇」想（私も色々と伝奇ものを読んでいますが、本作の終盤のスケールは近年希《まれ》に見るものだと断言します）、そして物語の随所に仕掛けられ、一つの因縁で結ばれることで巨大な像を浮かび上がらせる「謎」の数々――本作はこうした要素で構成された、起伏に富んだ物語です。しかし本作をさらに内容豊かなものとしているのは、主人公である白蛾の存在であると感じます。

冒頭に触れたとおり、実在の人物である白蛾。しかし正直に申し上げれば、易学に興味がある方を除いて、その名は現在ほとんど知られていないでしょう。ここで実在の新井白蛾の経歴について述べておけば、彼は正徳《しょうとく》五年（一七一五年）生まれ、八代将軍吉宗の治世が始まる直前に生まれ、江戸時代中期に当たる十八世紀を生きた人物。儒学者だった父親同様朱子学を学び、二十二歳の時に神田で塾を開いた白蛾は、しかし当時江戸は朱子学に批判的な荻生徂徠の一門の力が強かったことから、早々に江戸を離れ、諸国放浪に出たと言われています。その後の経歴はしばらく不明ですが、ようやく表舞台に現れるのは三十七歳の時――京に古易館《こえきかん》という私塾を開いた時で、それ以降数々の易学書を刊行して名を馳《は》せた彼は、易学中興の祖と称されることになります。元々は儒学の一部として、森羅万象を表す八卦を用いて宇宙全体の姿とその運行、そして人の運命を把握し、以《もっ》て国家の運営――つまり政治に役立てる学問であった易学。白蛾の時代には既に吉凶占いの色彩が強かったこの易学を、再び儒学に基づいて体系化し、それでいて平易な形で人々の間に普及させたことが、白蛾の功績といえるでしょう。

（ちなみに、本作における白蛾が、市井において町人の哲学を構築した心学の創始者・石田梅岩の下で暮らしているという設定は――この古易館と梅岩の自宅が実は地理的に

極めて近いという事実があるとしても——後述する本作における白蛾の立ち位置を、どこか象徴しているように感じられます）

説明が長くなってしまいましたが、本作の舞台設定は白蛾が二十六歳の時点——本作はまだ無名の学者であった彼が、易学者として世に羽ばたく秘話を描いた物語であるともいえます。

とはいうものの、江戸時代を舞台とした時代伝奇小説の主人公が易学者というのは、いささか、いやかなり珍しいように感じられます。市井で起きた小さな出来事に端を発した事件が、やがて史実の陰に隠された秘密を巡る様々な勢力の戦いに繋《つな》がっていく——こうした時代伝奇小説では、戦いがその中心に位置する以上、主人公は剣や武術の達人など力持てる者であるのが定番といえます。本作はまさに時代伝奇小説としての性格を色濃く持ちながら、しかしその主人公である白蛾は、武術を修めているわけでもない市井の一学者にすぎないのです。

そしてそんな白蛾をあえて主人公としたことには、意味があると考えるべきでしょう。もちろん、物語の中心となるのが秘易という究極の易占であるから、というのは間違いありません。しかしそれだけでなく、本作はその秘易の争奪戦に収斂《しゅうれん》していきつつも、むしろ秘易の「力」よりも、人の持つ「心」を重んじる物語であるからではないか——そう感じます。

凄《すさ》まじい占いの的中率を持ち、時や場所を超えて求める真実を映像として見せる力すら持つ秘易。しかしその真の力はそれに留《とど》まらないところにあります。その詳細は物語の核心に触れるため、ここでは伏せますが、それはこの世で力を求める者であれば誰もが欲する、ある意味究極の「力」といえるでしょう。しかし、そんな力を求める人々とは、白蛾は異なる立場を取ります。不思議な因縁の中で、秘易を手にすることとなった白蛾。そして白蛾は秘易を通じて出会った市井の人々、秘易を巡る運命に巻き込まれた人々の心に触れることで、秘易は必ずしも人を幸せにしないことを、いや秘易そのものが人の悲しみの上に生まれたことを、つぶさに知ることになります。そしてその経験を通じて、彼は秘易の「力」そのものではなく、人々――それはいま生きている者のみを指すものではなく、遥《はる》か過去に生きていた朱姫をも含むのですが――の「心」を救うために秘易を真に活《い》かす道こそを、求めるようになるのです。

しかし本作で描かれる「心」の存在は、それだけに留まりません。周囲の人々だけでなく、当然ながら白蛾自身にもある「心」。秘易を巡る物語を通じて、彼自身の心が、絆《きずな》を深めてきた朱姫の心と固く結びついていくその先に、何が待っているのか――そのクライマックスを目の当たりにした時、貴方の「心」も、必ずや熱くなることでしょう。

「美」と「奇」と「謎」の糸で「心」を織りなす物語――私は冒頭で、作者の作品をこう評しました。興趣に富んだ伝奇物語《ロマンス》でありつつも、それと同時に「力」ではなく「心」に重きをおくことによってそこから大きく踏み出し、時を超える想《おも》いを描く恋愛物語《ロマンス》として成立している本作は、その一つの精華であります。このどこか不思議な静謐《せいひつ》さと温かみを感じさせる世界に、一人でも多くの方に触れていただきたいと「心」より願うと同時に、本作に魅力を感じた方は作者の他の作品――本作とはまた異なる形で「心」を描いてきた物語たちも手にしていただきたいと、切に願う次第です。

（みた・もんど　文芸評論家）

本書は、集英社文庫のために書き下ろされた作品です。

集英社文庫　目録（日本文学）

宮下奈都　太陽のパスタ、豆のスープ
宮下奈都　窓の向こうのガーシュウィン
宮田珠己　ジェットコースターにもほどがある
宮田珠己　だいたい四国八十八ヶ所
宮部みゆき　地下街の雨
宮部みゆき　R.P.G.
宮部みゆき　ここはボツコニアン 1
宮部みゆき　ここはボツコニアン 2 魔王がいた街
宮部みゆき　ここはボツコニアン 3 二軍三国志
宮部みゆき　ここはボツコニアン 4 ほらホラHorrorの村
宮部みゆき　ここはボツコニアン 5 FINAL ためらいの迷宮
宮本輝　焚火の終わり(上)(下)
宮本輝　海岸列車(上)(下)
宮本輝　水のかたち(上)(下)
宮本輝　いのちの姿　完全版
宮本輝　田園発　港行き自転車(上)(下)

宮本輝　草花たちの静かな誓い
宮本昌孝　藩校早春賦
宮本昌孝　夏雲あがれ(上)(下)
宮本昌孝　みならい忍法帖　入門篇
宮本昌孝　みならい忍法帖　応用篇
深志美由紀　怖い話を集めたら　連鎖怪談
三好昌子　朱花の恋　易学者・新井白蛾奇譚
三好徹　興亡三国志一～五
武者小路実篤　友情・初恋
村上通哉　うつくしい人　東山魁夷
村上龍　テニスボーイの憂鬱(上)(下)
村上龍　ニューヨーク・シティ・マラソン
村上龍　ラッフルズホテル
村上龍　すべての男は消耗品である
村上龍　龍言飛語
村上龍　エクスタシー

村上龍　昭和歌謡大全集
村上龍　KYOKO
村上龍　はじめての夜　二度目の夜　最後の夜
村上龍　メランコリア
村上龍　タナトス
村上龍・中田英寿　文体とパスの精度
村上龍　2days 4girls
村上龍　69 sixty nine
村田沙耶香　ハコブネ
村山由佳　天使の卵　エンジェルス・エッグ
村山由佳　BAD KIDS
村山由佳　もう一度デジャ・ヴ
村山由佳　野生の風
村山由佳　きみのためにできること
村山由佳　キスまでの距離　おいしいコーヒーのいれ方I
村山由佳　青のフェルマータ

集英社文庫　目録（日本文学）

村山由佳　僕らの夏　おいしいコーヒーのいれ方Ⅱ
村山由佳　彼女の朝　おいしいコーヒーのいれ方Ⅲ
村山由佳　翼 cry for the moon
村山由佳　雪の降る音　おいしいコーヒーのいれ方Ⅳ
村山由佳　緑の午後　おいしいコーヒーのいれ方Ⅴ
村山由佳　海を抱く BAD KIDS
村山由佳　遠い背中　おいしいコーヒーのいれ方Ⅵ
村山由佳　夜明けまで1《ワン》マイル somebody loves you
村山由佳　坂の途中　おいしいコーヒーのいれ方Ⅶ
村山由佳　優しい秘密　おいしいコーヒーのいれ方Ⅷ
村山由佳　聞きたい言葉　おいしいコーヒーのいれ方Ⅸ
村山由佳　天使の梯子
村山由佳　夢のあとさき　おいしいコーヒーのいれ方Ⅹ
村山由佳　ヘヴンリー・ブルー
村山由佳　蜂蜜色の瞳　おいしいコーヒーのいれ方 Second Season Ⅰ
村山由佳　明日の約束　おいしいコーヒーのいれ方 Second Season Ⅱ

村山由佳　約束　—村山由佳の絵のない絵本—
村山由佳　消せない告白　おいしいコーヒーのいれ方 Second Season Ⅲ
村山由佳　凍える月　おいしいコーヒーのいれ方 Second Season Ⅳ
村山由佳　雲の果て　おいしいコーヒーのいれ方 Second Season Ⅴ
村山由佳　彼方の声　おいしいコーヒーのいれ方 Second Season Ⅵ
村山由佳　遥かなる水の音
村山由佳　記憶の海　おいしいコーヒーのいれ方 Second Season Ⅶ
村山由佳　地図のない旅　おいしいコーヒーのいれ方 Second Season Ⅷ
村山由佳　放蕩記
村山由佳　天使の柩
村山由佳　La Vie en Rose　ラヴィアンローズ
村山由佳　ありふれた祈り　おいしいコーヒーのいれ方 Second Season Ⅸ
村山由佳　猫がいなけりゃ息もできない
村山由佳　晴れときどき猫背　そして、もみじへ
群ようこ　トラちゃん
群ようこ　姉の結婚

群ようこ　でも女
群ようこ　トラブルクッキング
群ようこ　働く女
群ようこ　きもの365日
群ようこ　小美代姐《こみよねえ》さん花乱万丈《からんばんじょう》
群ようこ　ひとりの女
群ようこ　小美代姐さん愛縁奇縁
群ようこ　小福歳時記
群ようこ　母のはなし
群ようこ　衣もろもろ
群ようこ　衣にちにち
群ようこ　ほどほど快適生活百科
群ようこ　しない。
室井佑月　血《あか》い花《はな》
室井佑月　作家の花道
室井佑月　ああ～ん、あんあん

集英社文庫

朱花《しゅか》の恋《こい》　易学者《えきがくしゃ》・新井白蛾奇譚《あらいはくがきたん》

2021年11月25日　第1刷　定価はカバーに表示してあります。

著　者　三好昌子《みよしあきこ》
発行者　徳永　真
発行所　株式会社 集英社
東京都千代田区一ツ橋2-5-10　〒101-8050
電話　【編集部】03-3230-6095
【読者係】03-3230-6080
【販売部】03-3230-6393（書店専用）
印　刷　株式会社広済堂ネクスト
製　本　株式会社広済堂ネクスト

フォーマットデザイン　アリヤマデザインストア　マークデザイン　居山浩二

ISBN978-4-08-744327-1 C0193